AtV

Netty Reiling, die sich später Anna Seghers nannte, wurde 1900 in Mainz geboren. 1920–1924 Studium in Heidelberg und Köln: Kunst- und Kulturgeschichte, Geschichte und Sinologie. Erste Veröffentlichung 1924: »Die Toten auf der Insel Djal«. 1925 Heirat mit dem Ungarn Laszlo Radvany. Umzug nach Berlin. 1928 »Aufstand der Fischer von St. Barbara«; Heinrich-Kleist-Preis; Eintritt in die KPD und in den Bund proletarisch-revolutionärer Schriftsteller. 1933 Flucht über die Schweiz nach Paris, 1941 von Marseille nach Mexiko. 1943 schwerer Verkehrsunfall. 1947 Rückkehr nach Berlin. Georg-Büchner-Preis. 1950 Mitglied des Weltfriedensrates. Von 1952 bis 1978 Vorsitzende des Schriftstellerverbandes der DDR. Ehrenbürgerin von Berlin und Mainz. 1983 in Berlin gestorben.

Neben einem umfangreichen Erzählwerk und zahlreichen Essays entstanden die Romane: Die Gefährten (1932); Der Kopflohn (1933); Der Weg durch den Februar (1935); Die Rettung (1937); Das siebte Kreuz (1942); Die Toten bleiben jung (1949); Die Entscheidung (1959); Das Vertrauen (1968).

»Ich erzähle von ganz unheroischen Menschen, von scheinbar unheroischen, von ganz unauffälligen Menschen, die vielleicht schwach oder schwächlich wirken. Aber durch bestimmte geistige und seelische Kräfte werden sie wirksam, in gewissen Momenten, wenn es drauf ankommt, tun sie etwas ganz Starkes, manchmal zeigen sie, daß sie, obwohl sie schwach sind, obwohl sie schwach scheinen, eine große Kraft haben. Sie widerstehen, sie widersetzen sich, und ihre Weigerung übt dann große Wirkung aus.«

Anna Seghers über den Zyklus »Die Kraft der Schwachen« im Gespräch mit Günter Caspar, 1964.

Anna Seghers

Der gerechte Richter und andere Erzählungen

Aufbau Taschenbuch Verlag

Mit einem Nachwort von Sonja Hilzinger

ISBN 3-7466-5178-61

1. Auflage 2000
Aufbau Taschenbuch Verlag GmbH, Berlin

Umschlaggestaltung Torsten Lemme unter Verwendung
des Gemäldes »Promenade« von August Macke
Satz LVD GmbH, Berlin
Druck Elsnerdruck GmbH, Berlin
Printed in Germany

www.aufbau-taschenbuch.de

Inhalt

Der Führer

Alles war umsonst. Gebete in Kirchen und in Moscheen, umsonst. Beschwörungen, Anrufungen längst vergeßner, sich selbst überlassener Götter – umsonst. Und auch der letzte Widerstand mit Messern und Zähnen – umsonst. Die Feigheit war genauso umsonst. Verstecken, Abwarten, alles umsonst. Umsonst Versprechungen, Hoffnungen, unerwartete Hochherzigkeit von Unbekannten. Ob der Vater gestern mit Pflügen begonnen hatte oder der Vorvater vor zweitausend Jahren – umsonst. Umsonst trugen Männer, welche dem Tod wie dem Leben kalt, ohne Blinzeln ins Auge sahen, eiserne Löwenkrallen in ihren Gürteln, ihr Mut war umsonst, und der Löwe wachte umsonst in der Hauptstadt vor dem Palast. Die Eroberer ritten auf seinem Rücken, rissen johlend an seiner Mähne. Alles war unbegreiflich geworden, was vorher gewesen. Das ganze Leben, weil es auf einmal umsonst war. Das einfache Gestern und Vorgestern, das jedem klar war, und die zweitausend Jahre, die einige Männer zurücksehen konnten, unbegreifliches, nebliges, dennoch wirkliches Leben, eigenes Dasein von jeher – eins so umsonst wie das andere. Wenn es keine Zukunft mehr gibt, ist das Vergangene umsonst gewesen.

Die fremden Eroberer, als sie begriffen, daß man auch nicht mit den schlauesten Waffen in das Innere des Landes eindringen konnte, hatten aus ihren Flugzeugen Giftgase in die Berge und Schluchten geschickt. Daran war erstickt, was nicht bereits verblutet war. Und wenn die Menschen, auch die Gerechten unter ihnen, die von jeher an Gut und Böse glaubten, auch die geweihten Priester, so wild und reißend geworden waren wie ihrer Berge Löwen und Tiger, sie mußten jetzt dran glauben, sie erstickten.

Unter dem Schutz der italienischen Truppe, die gegen nichts mehr zu schützen brauchte – die Hyänen heulten schon nutzlos, denn das Kriegsfleisch war aufgefressen –, waren in eine unglaubliche Ferne, steilgrade herauf und hinunter, nach Äthiopien hinein geschwind Straßen geschlagen worden. Schon waren auf den Schiffen nicht mehr bloß Soldaten gekommen, sondern auch Bauern, landgierige Wehrbauern, und ihre in den Bäuchen der Schiffe mitgebrachten Maschinen gleißten in der Sonne. Und die Wehrbauern, so geschickt wie sie gierig waren, fingen sofort an zu roden. Sie bauten Mais und Korn, sie pflanzten Kaffeestauden; Bergarbeiter, die mit ihnen gekommen waren, gruben nach Gold und vielerlei Art Metall.

Zu den Einheimischen sagten all diese Leute

sanft oder drohend, barsch oder freundlich: »Tu dies, tu das!« Denn sie waren die Eroberer.

Drei Geologen, der älteste hatte den Rang eines Obersten, die beiden jüngeren standen im Hauptmannsrang, waren ziemlich erschöpft an ihrem vorläufigen Ziel, einem großen befestigten Lager am Fluß, angekommen. Das Lager war aus einer verlassenen Ortschaft entstanden – einigen Rundhütten und Resten von Häusern unbekannter Bestimmung, die wohl zu einem Kloster und seinen Nebengebäuden gehört hatten. Schon bei dem ersten Vorstoß hatte man alles leer und unbewohnt gefunden, einige bei der Flucht zurückgebliebene Schätze, Schmuck, Ikone und Schnitzereien, waren von sachverständigen Offizieren teils heimbefördert, teils für den Staat beschlagnahmt worden.

An den Gesteinsproben jener ersten Expedition vor zwei Jahren hatte sich erwiesen, daß die dem Krieg vorangegangenen Beurteilungen der Institute von Rom und Bologna und Turin und anderer Stellen richtig waren. Sie bestätigten die alten Berichte über erstaunliche Vorkommen von Gold und Silber und Eisen und Blei und Kupfer und Schwefel und die portugiesischen Chroniken »Mehr Gold als in Peru«, »Mehr Leute an Schmelzöfen als Schmiede in Portugal«, »Mehr Gold als Eisen bei uns«. –

Es hieß in den Gutachten und den daraus folgenden Anordnungen: »Für Goldablagerung strukturell günstige Wasserläufe und Anschwemmungen, die aus goldführenden Quarzadern stammen, lassen wertvolle Lagerstätten vermuten.«

Sie waren vor einigen Tagen zu fünft in Addis Abeba angekommen. Der Turiner Professor war mit seinem Assistenten und dem Stab, der sie erwartet hatte, in der Stadt geblieben. Alles war vorbereitet, sie richteten ihr Institut ein. Sie rechneten damit, daß man in wenigen Wochen mit der Arbeit beginnen könne. Auch die Nebenstraße für den Transport würde dann angelegt sein, die von der bereits fertigen Autobahn abbog.

Die drei Geologen, die jetzt an dem befestigten Ausgangspunkt ihrer künftigen Unternehmungen angelangt waren, hießen Tommaso Rossi, Giacomo Vecchio und Gino Candoglio. Auf der fertigen Autostraße, die wie ein Fließband Mensch und Gut von Station zu Station beförderte, waren sie heruntergeglitten über mehrere ineinandergeschobene Hochplateaus. Am Nachthimmel waren die Sterne in Schweifen und Kreisel mitgesaust.

Zuerst schien die Erde grenzenlos wie der Himmel in grünlichem und silbrigem Dunst. Fast plötzlich entstand ihr Rand, die Kette von Schneebergen. Die Sterne waren verblaßt. Bevor die Sonne hochstieg, strahlte sie durch das Gebirge wie durch Kristall

Die Fahrt war rasch verlaufen – nach der Autouhr, aber nicht nach der Strecke gemessen, die sie noch vor sich hatten. Zwischen den Hochplateaus und den Schneebergen lagen noch immer goldgraue und grüngraue Schwaden, ein unfaßbares Zwischenreich. In diesen Minuten war das Allerfernste, die Schneeberge, deutlich, aber das Zwischenreich undurchdringlich.

An einigen Stellen der Autobahn hatten sie während der größten Hitze ihre Fahrt unterbrochen. Militär und Straßenarbeiter hatten sie stürmisch in ihren Camps bewillkommt. Sie waren bewirtet worden, sie hatten getrunken, mit Hochrufen auf den Führer und auf ihren eigenen Wagemut. Die Zelte hatten sie abgeschirmt gegen das Land und gegen die Gluthitze und nachts gegen die rasenden Sterne.

Es gab ein im Ausbau begriffenes Fort, vorerst ein Camp mit einigen Bunkern, da, wo die Nebenstraße von der Autobahn abbog. Man hatte ihnen geraten, die Nebenstraße bis zum Plateau herunter zu fahren und dann zu reiten bis zu ihrem Bestimmungsort. Der sei vor der Besatzung eine Art Kloster gewesen, nach den Begriffen der Eingeborenen; es gäbe dort einen alten Mann, der ein paar Brocken Italienisch verstehe, einige italienische Priester seien schon ziemlich lange dort untergebracht.

Die Nebenstraße hatte fast plötzlich aufgehört: Das Band war abgerollt. Straßenarbeiter hatten gelacht und gewinkt und geschrien. Man hatte den Offizieren Pferde gegeben und einen eingeborenen Führer, der jede Woche herauf und hinunter ritt; ein Trupp eingeborener Träger war ihnen gefolgt.

Die drei italienischen Geologen waren gute Reiter, sie hatten ihr Erstaunen versteckt, als sei es ihrer unwürdig. Erst recht ihr Schwindelgefühl, als sie die ganze Tiefe des Abgrunds verstanden, die unglaublichen Mondschatten. Am Himmel gab es, als man ritt, keine rasenden Sterne mehr mit komethaften Schweifen, die Sterne zuckten nur manchmal auf. So plötzlich, wie sie in ihren unermeßlichen Himmel gestiegen waren, so plötzlich fielen sie in ihn zurück.

Der eingeborene Führer hatte die Pferde genau gekannt, und die Pferde kannten genau den Weg. Die drei Italiener hatten bitteren Speichel geschluckt auf den geflochtenen Brücken über die Bergrisse weg. Sie wären verloren gewesen, wenn sie hinuntergeblickt hätten.

Dann hatte sich der zerklüftete Berg zusammengezogen, die Erde hatte sich geglättet. Der goldene und violette Dampf war verflogen zwischen Nacht und Morgen. Die Abhänge waren auf einmal bestellt von Menschenhand, die Sonne flutete, angstverheilend. Aus runden und eckigen Hütten war Rauch gestiegen und manchmal, zu ihrem Glück, ein italienisches Lied. Sie warfen die Köpfe zurück, sie waren froh und stolz.

Da alles im voraus richtig berechnet war, kamen sie vormittags an. Holzwände schirmten sie ab wie Zelte. Der Priester empfing sie, sie küßten ihm nacheinander die Hand. Ein Alter, der Ato, von dem man in den Camps gesprochen hatte, machte freundlich den Wirt. Ein Knabe ging ihm zur Hand; der führte sie später zu ihren Lagerstätten. Er steckte schweigend und rasch und geschickt Moskitonetze auf. Er machte ihnen vor mit schönen länglichen Händen, mit leichter Stimme, als sei ihm verboten, laut zu sprechen, wie sie nach ihm verlangen könnten. Er käme alsbald herbeigelaufen. Er stellte ihnen auch eine kleine Glocke bereit, aus Metall, in die die Apostel eingraviert waren.

Als der Knabe fort war, sagte Rossi: »Habt ihr gemerkt, wie schön der war?« Vecchio erwiderte lachend: »Darauf gab ich nicht acht.« –

»Ich kann verstehen«, sagte Rossi, »daß Engel auf allen Bildern aller Maler Knaben in diesem Alter sind.« Vecchio unterbrach ihn: »Durchaus nicht auf allen« – Sie stritten ein wenig. Candoglio sagte auf einmal: »Das Glöckchen, das muß aus dem Kloster stammen, das ist aus Gold.« Es ging von Hand zu Hand, mit erstaunten Rufen. Dann schlüpften sie unter ihre Moskitonetze.

Der folgende Tag war ein Ruhetag. Sie besprachen über den Karten den Weg, der sie an die vorgeschriebenen Stellen in ihr Gebiet führen würde. Dabei zeigte es sich, daß man einige Stunden am Ufer stromabwärts reiten mußte, um dann in eine Schlucht einzubiegen.

Nachts traf zu Fuß und mit Maultieren ihr Trupp eingeborener Träger ein. Italienisches Militär, das schon vor zwei Jahren die erste Expedition mitgemacht hatte, würde auch die ihre begleiten. Sie könnten fortwährend Radioverbindung mit dem Kloster und mit dem Camp an der Abzweigung der Autostraße halten. Die Station hieß immer noch »Kloster«, obwohl es verbrannt war und an seiner Stelle die neue feste Raststätte stand.

Man wandte sich mit einigen Fragen, den Weg betreffend, an den Alten, den Ato, der ihnen Essen und Trinken brachte. Dabei half ihm der Knabe. Der gab auch Auskunft in einem Gemisch Italienisch-Amharisch. Rossi legte den Arm um seine Schulter, er fragte seine Freunde rasch: »Habt ihr schon mal so was Schönes gesehen?« Und wirklich, jetzt, da sie ausgeruht waren und Muße hatten zum Betrachten, bestätigten sie: Der Junge war wirklich beinahe vollkommen. Ein Schimmer Gold aus der Haut heraus, aus dem Haar, aus den Augen. Und dieser niemals geknickte Schwung in jeder seiner Bewegungen von den Brauen bis in die Fingerspitzen.

Als die Sonne hochstieg und Vecchio vorschlug, ein paar Stunden zu schlafen, machte der junge Ato dem Rossi mit dem Finger ein Zeichen. Das hatte sich Rossi vielleicht auch nur eingebildet. Der Knabe wich ihm sanft aus. Aber er führte ihn, und sie standen schließlich in einer Kammer, einer Vorratskammer nach den Gerüchen. Er brachte zu Rossis Verwunderung verschiedene Dinge zum Vorschein, woher sie stammten, war nicht recht klar. Buchleisten, ein Glöckchen, das dem Glöckchen mit den Aposteln in ihrem Zimmer glich, geäderte Steine, ein Beutelchen Goldsand. Vielleicht von der ersten Expedition, die dieser Knabe, wie sich erwies, auch mitgemacht hatte. Sicher nicht als Träger, vor drei Jahren war er dazu noch zu schwach gewesen, vielleicht als Gehilfe des Führers, wenn er ortskundig war. Er schüttelte nur den Kopf auf Fragen. Als Rossi heftig in ihn drang, wich er zurück. Er glich einem erzürnten, von den Brauen bis zu den Zehen abflugbereiten Engel.

Als Rossi ihn beruhigte und ihn langsam und streng ausfragte, kam schließlich heraus, er wisse, woher der Goldsand stamme, er sei selbst in der Nähe des Fundorts daheim, er könne Rossi und seine Freunde dorthin bringen. Morgen, am Nachmittag, könnten sie aufbrechen und in der zweiten Nacht zurück sein.

Auf einmal stand der alte Ato in der Tür. Er herrschte den Knaben an mit überstürzten Worten. Der senkte die Augen, wie es Rossi vorkam, mit Schuldbewußtsein. Des Alten Gesicht, als er sich Rossi zuwandte, war bereits wieder freundlich, still.

Rossi weckte seine Gefährten, die sich zeitig gelegt hatten. Er hätte den Eindruck, dieser Knabe sei bereit, ihnen zu helfen hinter dem Rücken des Alten. Der Alte käme ihm nicht so gewogen vor, wie man in den Camps behauptet hatte. Rossi, der die Landessprache am besten beherrschte, bekam den Auftrag, das Nötige mit dem jungen Ato vorzubereiten.

Am frühen Morgen aber war der Knabe nicht

gleich zu finden. Als Rossi seinen Plan schon halb aufgab und dennoch unruhig wartend im Hof mit Soldaten schwatzte, tauchte er plötzlich auf. Er machte eine Bewegung mit Hand und Zeigefinger, wie es seine Gewohnheit war, Rossi kam sie zart und anmutig vor. Vecchio und Candoglio waren schon übereingekommen, das Beste, was man sich vorstellen könne, sei ein selbständiges Unternehmen außer dem geplanten. Der Junge stamme wahrscheinlich aus einem der Dörfer, in denen seit langem Goldwäscherei betrieben werde. Auf jeden Fall schade es nichts, auszuprobieren, was er zu zeigen hätte, um so mehr, als sie rechtzeitig zurückgekehrt seien zu der vorbereiteten Expedition. Sie würden die Vorkehrungen treffen, die man von ihnen erwartete; gleichzeitig hofften sie auf überraschende Fundorte.

Sie ritten nachmittags weg. Der junge Ato hatte den Mundvorrat gerichtet. Der Fluß, obwohl er breit war, wirkte um diese Jahreszeit bergbachartig mit viel Geröll.

Candoglio wußte hier und überall Bescheid, durch beharrliches Studium. Am gegenüberliegenden Ufer des Flusses, behauptete er, wohnten fast nur Mohammedaner. Der Fluß sei rot gewesen von den Kämpfen zwischen Mohammedanern und Abessiniern bis zur Ankunft der Italiener.

Nach ungefähr einer Stunde, es war noch längst nicht Nacht, erreichten sie ein Camp, das letzte am Ufer, das einzige auf ihrer Strecke. Der Knabe bedeutete ihnen, hier die Pferde zurückzulassen; es sei viel leichter, zu Fuß in die Berge zu steigen; sie könnten die Pferde auf ihrem Rückweg abholen.

Die drei besprachen sich kurz. Der Knabe war auch auf dieser Station bekannt. Die Soldaten lachten mit ihm. Er lächelte. Die Offiziere nahmen zusammen ein kurzes, vergnügliches Abendessen.

Vom ersten Bergeinschnitt an ging der Knabe voraus. Er sah sich dauernd um. Der Anstieg war einfach, er ging rasch vor sich. Der Knabe schlug früh eine Rast vor. Sie legten sich auf einen Bergvorsprung, ein wenig erschöpft von der ungewohnt leichten Luft. Der Berggipfel neigte sich über sie, berührte fast die gegenüberliegende Felswand. Aus dem Boden der Schlucht wuchsen einzelne Felsen heraus. Sie suchten unwillkürlich den Sinn ihrer Formen. Doch all die Zerklüftung war sinnlos.

Der Knabe bedeutete ihnen, herunterzusteigen. Die Luft war rotgold geworden und grüngold in ihrem Untergangsdunst.

Die Schneebergkette am Rand der Erde leuchtete auf. Plötzlich war alles erloschen. Der Dunst war todgrau und todviolett. In einigen Felsen hingen noch immer ein paar Lichtfetzen. Der Knabe wartete, bis auch dieser Tag zu Ende ging. Der Abstieg war unsicher in dem Gemenge von Mondschatten. – Er wartete darum die Frühe ab und suchte mit grenzenloser Geduld den besten Weg. Er selbst stieg mehrmals wieder herauf, er bedeutete Vecchio, der wohl der Geschickteste war, ihm gleich zu folgen. Seine Schulter bot er als Treppe an, um auf den tieferen Vorsprung zu gelangen. Dann kam er wieder herauf, bot seine Schulter dem Nächsten an, bis alle drei etwas tiefer abgesetzt waren. Er verlor nichts an Leichtigkeit, an Geduld, er streckte sich erst aus auf dem nächsten Vorsprung, holte Atem, war dann gleich wieder bereit zum Abstieg, bereit, jeden dabei zu stützen.

Rossi legte sich neben ihn, er fragte ihn nach dem nächsten Weg. »Wir müssen herunter und dann noch mal mit dem Bach hinauf, es gibt keinen anderen Zugang.« Er fügte mit seinem Lächeln hinzu: »Es gibt keine Brücke, man kann nicht fliegen.« Rossi legte die Hand auf seine Schulter, die im Dunkel ein wenig schimmerte. Der Knabe wich zurück, drehte ihm langsam das Gesicht zu, und er sah ihn groß an. In seinen Augen war ein ernster, aufmerksamer Glanz.

Rossi rückte näher an ihn heran, da sprang der Knabe auf, er rief italienisch: »Voran!« Er sprang mit Leichtigkeit auf den nächsten Felsvorsprung. Rossi trat zuerst auf seine Schulter. Der Knabe half sofort den beiden anderen.

Der Abstieg ging weiter vor sich, langsam, bedächtig. Rossi empfand keine Müdigkeit mehr. Der junge Ato, immer, wenn er ihm näher kam, machte den nächsten Sprung, oder er drehte den

Kopf nach einem der beiden Gefährten. Vecchio legte sich plötzlich hin. Der junge Ato sagte: »Hier nicht.« Er führte sie beharrlich an einen anderen Ort; sie legten sich dort alle vier. Im Mondlicht erkannten die drei, daß sie ungefähr auf der Höhe der Felsen lagen, die aus der Schlucht wuchsen, und über ihnen ragten Berggipfel, und einzelne Sterne rissen sich los und kreiselten. Die drei beherrschten mit Mühe ihr Schwindelgefühl. Rossi rückte so nah wie möglich an den jungen Ato heran. Der sprang plötzlich auf, lief weg, kam erst nach Minuten zurück. Mit Wasser vom nahen Bergbach. Er sagte: »Wir müssen den Bergbach entlang. Dort unten. Ihr könnt ihn jetzt sehen.«

Sie aßen etwas; auf alle Fälle umsichtig eingeteilt. Rossi schob dem Knaben einen Happen in den Mund. Er spürte die Zähne an seinen Fingerspitzen.

Das letzte Stück Abstieg war rasch getan. »Und nun«, sagte der junge Ato, »den Bach entlang, heraus aus der Schlucht.« Sie stampften, zuerst recht im Genuß ihres Gleichgewichts, auf dem sicheren Boden der Schlucht dahin. Im Mondschatten der Bergwand standen die einzelnen Felsen, dachlos, wie Bruchstücke eines ausgebrannten Palastes.

Sie stiegen, dem Knaben gehorchend, nochmals hoch mit dem Bach. Die Gegenwand war weniger steil als die Wand, die sie heruntergestiegen waren. Hier gab es auch einzelne grüne

Stellen, auch Bäume mit nackten Wurzeln, verzweifelt nach Erde suchend, die in einem Unwetter abgebröckelt war. Sie kamen auf einen breiten grasigen Vorsprung. Sie sahen endlich wieder ins Weite. Sie atmeten auf. Der Knabe wandte sich gegen die Berge; er rief: »Dort ist die Quelle!«

Sie fragten sich untereinander, wie es möglich sein könne, zur ausgemachten Stunde ins Kloster zurückzukehren. Rossi fragte den Jungen. Der schüttelte ernst den Kopf. »Erst morgen.« Candoglio, ganz außer sich, fing heftig zu schimpfen an. Der Knabe senkte die Augen. Rossi wandte sich an seine Freunde: »Er versteht nichts von Zeit.« Candoglio bekam einen Wutanfall. Er griff nach der Schulter des Jungen. Er schüttelte ihn. Rossi hielt ihn zurück. Die Sterne waren schon am Verblassen. Die Luft war grauviolett, und plötzlich war der Tag da mit seinem bestürzenden Licht. Die Ebene, die jetzt unter ihnen lag, war unbestellt, unbestellbar. Zahllose Steinbrokken waren blindlings darauf geworfen, als sei ein Gebirge zerschmettert worden. Und wie sie sich umsahen, stieg ein neues, ein unbekanntes Gebirge hoch, heillos bis ins Innere zerklüftet. Candoglio herrschte den Jungen an: »Wohin?« Der sagte ruhig: »Das war mein Bach noch nicht. Es war ein anderer Bach. Kommt mit.«

»Er hat sich im Weg geirrt«, sagte Rossi zu seinen Gefährten. Und er hinderte wieder Candoglio, sich auf den Jungen zu stürzen. Er packte ihn aber selbst an den Schultern und rüttelte ihn und zwang ihn, ihm in die Augen zu sehen. »Hast du dich verlaufen?« Der Knabe erwiderte leise: »Ja.« Er fügte hinzu: »Wir müssen noch einmal herunter.«

Die drei berieten sich. »Wir sind zu spät«, sagte Vecchio, »wir müssen herunter auf jeden Fall.« Rossi entschied: »Zuerst essen und schlafen.«

Er gab dem Knaben nur einen Rest aus der Fleischbüchse. Ihr eigener Vorrat war schon zusammengeschmolzen. Er schickte den Knaben barsch nach Wasser, dann streckte er sich neben ihm aus. Er sagte: »Ich bin auf dich böse.« Der junge Ato sagte: »Verzeiht.«

Sie kehrten zurück in die Schlucht, die sie gestern durchquert hatten. Lebhaft sagte der junge Ato: »Dort ist es!«

Sie berieten sich, zurück oder noch mal versuchen? – »Dort! dort!« wiederholte der Knabe. Die drei sagten sich, auf jeden Fall müsse der gemeinsame Aufbruch aus dem Kloster verschoben werden. Da man sich schon einmal auf diesen Versuch eingelassen habe, sei es besser, die Angaben des Knaben zu prüfen.

Sie stiegen mit ihm in entgegengesetzter Richtung. Es gab wieder Rastzeit auf einem Vorsprung. Zu essen hatten sie nichts mehr, bis auf die Notration aus Würfeln und Pillen. Der junge Ato sah ihnen zu beim Schlucken. Alle warfen sich hin. Nur der Knabe blieb aufrecht sitzen. Er weckte sie. Er sagte nicht: dort; er sagte: »Hier.« Er trieb sie förmlich bergauf. Rossi war von neuem erregt, sowohl durch die Stärkungsmittel, die er geschluckt hatte, als durch die sichere Hoffnung, jetzt kämen sie an. Candoglio folgte verbissen, stumm, gewandt; er war mehr als die anderen an sonderbare, schwierige Abenteuer gewöhnt. Vecchio war bereits erschöpft. Seine Anstrengung war ausschließlich darauf gerichtet, die anderen nichts davon merken zu lassen.

Ein schmaler, doch bodenloser Riß war plötzlich zwischen dem jungen Ato und den drei Italienern, als hätte ein riesenhaftes Messer den Fels gespalten, den sie erklettern mußten. Und Vecchio, obwohl man den Spalt mit einem gespreizten Bein überqueren konnte, wagte es nicht; er hockte sich hin. Der Knabe, um ihm zu zeigen, wie lächerlich seine Angst sei vor diesem abgrundtiefen, aber nur messerbreiten Riß, sprang mehrmals hinüber und zurück. Candoglio befahl dann dem Vecchio streng: »Los!« Endlich wagte Vecchio den Schritt über den dünnen Abgrund. Er hockte sich zitternd auf der anderen Seite nieder, sein Blick war starr.

Jetzt packte Candoglio den Knaben hart an der Schulter, ehe es Rossi verhindern konnte. Er befahl ihm, falls er des Weges nicht vollkommen sicher sei, sie auf der kürzesten Strecke hinunter zu der Station zu bringen, an der sie die Pferde gelassen hatten.

Der junge Ato machte sich los, indem er die Schultern zusammenzog. Er sah Candoglio voll an, er sagte deutlich: »Sei ruhig, ich bin sicher.«

Rossi redete noch einmal sanft auf ihn ein. Der junge Ato erwiderte, ja, er hätte sich mehrmals selbst mit seinem Vater und seinen Brüdern und seinem ganzen Dorf an der Goldwäscherei beteiligt, sie würden, bevor die Sonne steige, an Ort und Stelle sein. – Warum er die Stelle nicht schon vor zwei Jahren der Expedition mitgeteilt hätte? – »Ich wußte nicht, was diese Leute wollten.«

Er stieg voran; er machte gleich kehrt, um ihnen zu helfen. Rossi und Candoglio mühten sich um den Vecchio, der war schlapp, ein Hindernis. Auf einmal sperrte Vecchio den Mund auf, sein Gesicht war verzerrt, er zeigte auf eine Wölbung der kahlen Bergkuppe, die sie umgehen mußten. Seinem Blick folgend, sah zuerst Rossi, dann auch Candoglio im Morgenlicht in den Stein gehauene Gesichter mit Bärten und Brauen, ja ganze Gestalten. Am Schwert und am Schlüssel erkannte man Paulus und Petrus. Ein Apostel trat nach dem andren aus der Bergwand. Vielleicht hatte Vecchio sie angesteckt mit seinem Schreck. Der junge Ato war gar nicht erschreckt, er nickte. Rossi und Candoglio berieten sich. Kein Zweifel, daß dieser Junge sich eines solchen Ortes erinnern mußte. Rossi fragte ihn aus. Ein Wallfahrtsort. Er zeigte ihnen den Anstieg. Sie hätten zwar gern hier den Mittag verschlafen, jetzt war es aber Vecchio, der durchaus weg wollte. Er drehte den Kopf nach den Aposteln, als sei er dazu gezwungen. Er wollte weg, und er konnte nicht weg.

Zuerst war der Abstieg leicht. Bei jedem Durchblick lag die Wüste unter ihnen, bedeckt mit durcheinandergeworfenen Klötzen. Der junge Ato hockte sich hin, zwei Meter von ihnen entfernt, den Kopf in den Händen. Plötzlich sprang er auf, er faßte Rossi an der Hand. »Wir sind gleich da!«

Sie rafften sich auf, aber sein »Gleich« war quälend lang, an ihrer Erschöpfung gemessen. Sie legten sich in ein Bachbett, es war ganz ausgetrocknet. Der Knabe rief: »Kommt! Kommt!« Rossi raffte sich auf, er glaubte, jetzt seien sie angelangt. Sie waren aber nur auf dem Weg. Der junge Ato sagte: »Richtiger Weg.« Das Bachbett verlor sich im Geröll.

Über den Steinwust zu ihren Füßen flutete goldgrau und goldgrün und violett das maßlose Abendlicht. Es färbte sogar ihre Fingerspitzen. Vecchio schrie: »Zurück!« Der Knabe sah ihn ruhig an. Er sagte ernst: »Nein, hier entlang.« Er sagte zu Rossi, an den er sich jetzt freiwillig schmiegte: »Wir sind gleich da.« Er beschrieb ihm den Weg: das trockene Bachbett entlang.

Vecchio war störrisch, er konnte und wollte nicht weiter. Candoglio schrie ihn an: »Schwächling!« Die Wut nahm ihm Kraft.

Der junge Ato sah aufmerksam zu. Er trieb sie noch einmal alle an mit seinen leichten lockenden Händen.

Alle drei krochen oder kletterten hinter ihm her. Allzu steil war die Strecke nicht, erst als sie sich lagerten, nahmen sie wahr, wie abschüssig, dicht an der Bergwand vorbei ihr Weg sie geführt hatte, rund um die Kuppel herum. Sie verzehrten den größten Teil ihrer Notration.

Der junge Ato, die Arme über den Knien verschränkt, betrachtete die Schlafenden. Dann betrachtete er den Himmel, auf dem noch ein hellroter Streifen verglühte wie eine beharrliche Leidenschaft. Sein Gesicht war gequält, als schmerze ihn der Abschied des Tages. Man sah schon die Kette Schneeberge aus ihrem eigenen Licht am Rande der Erde glänzen. In der jähen Dunkelheit sprangen die Sterne auf. Der junge Ato weckte den Rossi. Zuerst begriff der nicht, wo er war, herausgerissen aus seinem ohnmachtsschweren Schlaf. Dann sah er in das Gesicht des Knaben. Mit leichtem Lächeln, mit etwas starren, glänzenden Augen erschien ihm der Knabe so schön, als ob er noch träume. Er lächelte selbst, er faßte nach der ausgestreckten Hand, er ließ sich hochziehen. Sie weckten zuerst den Candoglio, der war ziemlich rasch auf den Beinen. Sein Zorn war auch mit ihm erwacht; er befahl: »Nichts wie herunter!« Der Knabe, der diesmal Candoglios Zorn ertrug, ohne die Augen zu senken, erklärte: »Sofort.« Er fügte hinzu: »Wir sind ganz nah.« – »Nichts wie herunter!« schrie ihn Candoglio an. Er senkte aber sogleich die Stimme, weil ihm das Schreien zuviel Kraft nahm. »Auf dem kürzesten Weg!« Der Knabe sagte: »Mein Weg ist der kürzeste.«

Sie weckten Vecchio mit großer Mühe. Als der ganz wach war, fing er zu weinen an. Candoglio befahl ihm hart, die Tablette zu zerkauen, die er heimlich verwahrt hatte. Wirklich, Vecchio raffte sich auf, als er begriff, es ging endgültig heim.

Sie machten einen unerwartet steilen Abstieg. Doch dazu fanden sie noch einmal Kraft, weil sie sich sagten, je steiler, je schneller. Sie hielten an einem tiefen Bergriß, vielleicht der gleiche, den sie zuerst überquert hatten. Nein, doch nicht, dieser war enger, auf seinem Boden hätten die Felsen nicht Platz gefunden. Es war finster; sie tasteten sich hinter dem Rücken des jungen Ato zwischen den Steinwänden fort, einer hinter dem anderen. Sie landeten auf einer Plattform. Wurzeln hatten sich festgekrallt, die waren so hoch geklettert wie ihre Bäume, die aus der tieferen Plattform wuchsen.

Der junge Ato ließ diesmal keinen in Wut oder Verzweiflung geraten. Er ließ niemand zum Schlafen kommen. Mit ungebrochener Leichtigkeit kletterte er auf die tiefere Plattform, und seine Schulter diente wieder als Stiege, er versicherte: »Jetzt sind wir da.«

Alle verstummten, als er sie in einen Bergriß führte, er sagte nochmals: »Der letzte, dann sind wir da.« War draußen noch Nacht? Schon Tag? Sie folgten ihm, weil er sie führte. Denn diesmal war der Riß zwar so eng wie der vorige, er verlief aber nicht gerade, sondern im Zickzack. Atos Stimme hielt sie im Dunkeln zusammen.

Manchmal berührte Rossi seinen Rücken. Candoglio ging zwischen Rossi und Vecchio. Der heulte laut auf, auf sein Geheul kam ein Echo, er erschrak. Candoglio haßte das Echo auf seine Flüche, so daß er verstummte. Endlich wurde es hell, sogar beißend hell.

Es gab auf dem blankkahlen, kaum bewaldeten, heillos zerklüfteten Abhang einen winzigen Vorsprung, auf den sie sich legten. Sie drückten sich eng zusammen unter dem überhängenden Felsen, weil das Tageslicht biß. Auch wenn sie sich umblickten, sie waren viel zu erschöpft, als daß sie der Abgrund, armbreit entfernt, gekümmert hätte. Es gab keine Plattform mehr unter ihnen, kein bewohnbares Land, keinen Fluß. Kein Halm wuchs aus der Wüste. Als seien die Berge übereinander gestürzt und hätten sich gegenseitig zermalmt, lag drunten ein Felsbrokken neben dem anderen, so weit ihre Augen reichten. Der Berg, aus dem sie gestiegen waren, sprang steil aus der Wüste, bis ins Innere zerklüftet, aber herrisch und unangreifbar.

Candoglio hatte Atem geschöpft, er stieß mühsam hervor: »Nur weiter!« Der junge Ato führte sie langsam die Bergwand entlang auf den nächsten schmalen Vorsprung. Er legte sich diesmal zuerst. Candoglio stieß hervor: »Weiter!« Der Knabe richtete sich halb auf. Er sagte: »Wir sind da.«

Candoglio glaubte zu schreien: »Was heißt das?« Der junge Ato sagte, Candoglio im Auge behaltend: »Wir bleiben.« Candoglio glaubte zu schreien: »Wieso? Wozu?« Der Knabe sagte: »Wir sind da. Wir bleiben.«

»Wie? Was?« schrie Candoglio. »Bist du verrückt?« Der Knabe zog den Blick von ihm ab. Er schwieg.

»Was sollen wir hier?« fragte Rossi.

»Nichts«, sagte der Knabe.

»Was soll denn das heißen? Nichts?«

»Nichts. Es ist aus.«

Candoglio herrschte Rossi an: »Wir müssen zurück. Sofort. Sag du ihm, was ihm passiert!«

Rossi, der stark zu zittern begonnen hatte, redete auf den Knaben ein: »Bring uns zurück! Sofort! Hörst du? Versteh doch. Er wird dich erschießen.«

Der Knabe sah Rossi voll an, ohne zu lächeln. Er regte sich nicht, als sich Candoglio auf ihn stürzte. Er brauchte sich auch nicht zu wehren. Rossi packte Candoglio. »Tu ihm nichts an! Nur er kann uns führen!«

Vecchio war ihrem Streit gefolgt, zuerst vor Angst gelähmt. Dann kam er Rossi zu Hilfe, er rief: »Candoglio, tu ihm nichts an! Er kennt den Weg!«

Candoglio, dem Rossi die Arme zurückhielt, drohte: »Du führst uns sofort hinunter! Sonst knall ich dich ab! Du wirst da hinunterrollen, Hyänen werden dich fressen!« Er vergaß, daß der Knabe kein Wort verstand. Vecchio schüttelte sich vor Lachen. »Uns alle, Candoglio, uns alle!«

Rossi sprach amharisch, sanft, eindringlich: »Verstehst du denn nicht, mein Junge? Man vermißt uns doch schon im Camp. Man sucht uns. Mit Patrouillen. Mit Flugzeugen.« Der Knabe sah ihn fest an: Wer soll uns hier finden?

Candoglio fing von neuem an, rasend vor Wut: »Er muß uns hinunterbringen. Er muß.« Er stürzte sich auf den Knaben, Rossi verbrauchte die letzte Kraft, ihn zurückzuhalten.

Der Knabe war unmerklich gegen die Felswand gerutscht. Auch hier war nur sein Kopf im Schatten. Die drei lagen erschöpft auf dem schmalen Vorsprung. Rossi richtete sich noch einmal auf. »Hör doch, mein Junge, führ uns zurück«, und er schlang die Arme um ihn. Der Knabe zog sich leicht in sich selbst zusammen. Mit leeren Armen lag Rossi da.

Vecchio schoß in die Luft. Er schrie: »Damit sie uns finden!« Rossi half dem Candoglio, den Vecchio zu bändigen.

Schließlich waren sie verstummt. Der Schatten auf ihrem Vorsprung war etwas breiter geworden. Der junge Ato sah auf die drei herunter. Die hatten sich ausgetobt. Die gaben Ruhe.

Er sah über die Erde, schon fing ihr Schneesaum zu glänzen an. Die Steinklötze, die auf der Wüste lagen, blindlings hingeschleudert, verfärbten sich und lösten sich auf, sie wurden im Abenddunst so weich wie Wolken. Er sah durch all die Schleier durch, die die Nacht vom Tag trennen. Es glühte noch einmal auf in Goldrot und Goldgrün und Violett, in Haß und Verzweiflung und auch in Triumph. Das Ende fing an zu rauschen. Die Sterne sprangen in den Himmel. Er hatte kaum gestaunt, da war ihr Glanz schon wieder matt, sie fielen zurück in den unermeßlichen Himmel. Es ward Morgen. Der letzte Tag.

Der gerechte Richter
(Fragment)

Nach dem Krieg lebte Jan eine Zeitlang allein mit seiner Mutter. Der Vater war früh gestorben. Der älteste Bruder kehrte aus der deutschen Gefangenschaft nicht zurück, er war im Lager verhungert. Der mittlere war im Widerstandskampf in den Bergen gefallen. Olga, die einzige Schwester, mit ihrem Mann, dem Arzt, der Tropenkrankheiten studierte, in ferne Länder gefahren, nach China, nach Burma, nach Indien.

Zuerst schrieb sie oft, dann immer seltener. Sie schickte ein Bild ihres Kindes, das inzwischen geboren war. Die Mutter bräuchte sich nicht zu sorgen, sie lebten in Bombay in einer kühlen geräumigen Wohnung, mit Diener, mit Kinderfrau. –

Zu zweit – die alte Frau und der Sohn – hätte es trüb sein können. Doch Jan bekam andauernd Besuch von Kollegen und Freunden. Nie stockten Gespräche, scharfe und lustige Streitigkeiten; die Mutter horchte, sie lachte mit, sie bewirtete alle.

Die Stadt war nicht groß; ihre Hochschule war bekannt seit Jahrhunderten. Jan hatte hier vor dem Krieg Jura studiert. Dann war er Soldat geworden, sein Studium hatte er lange unterbrochen. Jetzt stürzte er sich aufs Lernen, Rechtswissenschaft erschien ihm ein großes Ziel: durch seinen Beruf Recht und Gerechtigkeit durchzusetzen, nach einer Zeit voll Gewalt und Gemeinheit.

Er hatte zwei Freunde, die ihm besonders nahestanden. Sie ersetzten ihm fast die Brüder. Beide waren älter als er, auch ihr Studium hatte der Krieg unterbrochen. Für Andreas hatte sein Beruf die gleiche Bedeutung wie für Jan, doch hatte er sich ein andres Gebiet erwählt: Arbeitsrecht. Er sang gern Lieder in vielen Sprachen, manchmal bis in die Nacht hinein. Darin lag ein Gegensatz zu seinem wortkargen Wesen. Stefan war Volkswirtschaftler; er war schon im Spanischen Bürgerkrieg Offizier gewesen. Aufs Singen verstand er sich nicht. Oft bat er Andreas, ihm dieses und jenes spanische Lied vorzusingen. Aufs Erzählen verstand er sich wie kein anderer. Stundenlang hörte Jan ihm zu, daheim und auf langen Wegen.

Die drei Freunde wurden sehr schnell getrennt. Stefan siedelte in die Hauptstadt über, er bekam dort eine gute Stelle in einem Verlag. Andreas bekam zuerst ein Amt in der Nachbarschaft. Jans Mutter hörte ihn noch drei-, viermal unter dem Fenster singen, und sie strahlte auf und deckte den Tisch. Als auch Andreas in die Hauptstadt gezogen war, versuchte Jan allein zu singen, mit seiner zwar sicheren, doch ziemlich unschönen Stimme. Stefans Erlebnisse erzählte er neuen Bekannten, wenn ihm der Sinn danach stand. – Doch kam es ihm vor, er könne mit diesen nicht so unumwunden, so offen sprechen wie mit Andreas und Stefan.

Er brachte bald die Frau, die er liebte, nach Hause. Sie hieß Marie. Sie wollte Lehrerin werden. Ihr Vater, ein Eisenbahner, war in derselben Widerstandsgruppe umgekommen wie Jans mittlerer Bruder.

Die neue kleine Familie wuchs rasch zusammen. Ein Schimmer Erinnerung an die Zeit, die sie hinter sich hatten, lag ständig auf ihrem Tun und Denken, nicht scharf, nicht wühlend, vielmehr ein gleiches Gefühl, ein gleiches Urteil bei allerlei Anlässen, das unnütze Worte sparte.

Stets hingen viele Menschen an Jan, weil er freimütig war und hilfsbereit und Rat erteilte nach Recht und Gesetz. Seine Mutter war still, gastlich. Nie verriet sie, ob sie sich grämte um Olga, die in der Fremde fast ganz verstummt war. Sie pflegte bald froh das Kind, das Marie geboren hatte.

Jan war jetzt Untersuchungsrichter. Er galt als erfahren und zuverlässig über seine Jahre hinaus. Jeder seiner Berichte erfaßte den Hauptpunkt, vermied gewohnheitsmäßige unnütze Sätze. So jung er noch war, es hieß, wenn sein Name in einem Prozeß vorkam: »Der kennt sich aus, dem macht man kein X für ein U vor. Der ist gerecht.«

Eines Abends kam er froh erregt nach Hause: Er sollte in die Hauptstadt versetzt werden; auf seinem neuen Posten würde er sicher der jüngste sein. Da Marie ihr zweites Kind erwartete und zudem vor der letzten Prüfung stand, beschloß man, den gemeinsamen Umzug hinauszuschieben. Jan war die Woche über allein in der Hauptstadt, auf Sonntag fuhr er heim.

Er war so rasch eingearbeitet, wie man es von ihm erwartet hatte. Bei seiner Ankunft hatte er weder Andreas noch Stefan angetroffen; der eine war auf Urlaub, der andere auf einer Dienstreise. Was ihnen vor kurzem eine Freundschaft gewesen war, so stark, daß man nicht leben konnte, ohne sich immerfort zu treffen, war jetzt eine Freundschaft, die es vertrug, gerade weil sie so stark war, daß man sich selten sah. Und Jan war Tag und Nacht bei der Arbeit, die Fahrten aufs Wochenend nahmen ihm Zeit weg.

An einem späten Nachmittag kam Stefan, der Volkswirtschaftler, der jetzt Redakteur einer Fachzeitschrift war, selbst in Jans Büro, schalt den Freund für seine Zurückgezogenheit und nahm ihn mit nach Hause zum Abendessen. Dabei stellte sich zu Jans Erstaunen heraus, daß Stefan eine lustige kleine Studentin geheiratet hatte, die daheim in der Jugend, besonders beim Sport, eine Rolle gespielt hatte. Sie war jetzt eine überaus eifrige Hausfrau. Ein Kind erwartend, kam sie Jan trotz ihrer Stupsnase und ihrer kleinen Haarkringel völlig verändert vor. Auch Stefan kam ihm verändert vor. Sie lachten zwar viel über alte Begebenheiten; alt war, was sich zugetragen hatte in ihrer Studienzeit. Aus dem Spanischen Krieg brauchte Stefan nichts zu erzählen, seine Frau und sein Freund waren längst im Bild. Andreas, erwähnte er, sei bald nach dem Urlaub wieder weg, auf eine lange Dienstreise, von einer Stadt zur anderen.

Im Ablauf des Jahres traf Jan keinen der beiden Freunde mehr. Der alte Professor Kalam lud ihn oft ein. Der hatte vor zwei Jahren bei einem umstrittenen Rechtsfall das Gutachten des jungen Richters in die Hand bekommen, denn der Angeklagte war in Verbindung mit einem Werk, das in Jans Amtsbereich lag. Der klare Standpunkt, die Schlußfolgerungen, die Gründlichkeit der Untersuchung gefielen Kalam. Er dachte: Das sind die Richter, die wir jetzt brauchen. Er hatte dann mehrmals Jans Berichte angefordert, er hatte auf die Versetzung gedrungen. Jetzt ließ er sich gern, im Laufe einer wichtigen Untersuchung, aus Jans Mund den Eindruck beschreiben, den die betreffenden Menschen auf Jan gemacht hatten.

Kalam war alt. Seine Augen waren manchmal warm und gütig, manchmal glänzten sie wie Eis. Wenn ihn ihr Blick traf, erriet Jan Kalams Gedanken, ehe er dessen Meinung gehört hatte.

Marie hatte eine schwere Geburt. Das zweite Kind, ein Mädchen, war etwas kränklich. Der Umzug wurde abermals verschoben. Darum glaubten Mutter und Frau, an Jans Übermüdung und Schweigsamkeit seien die vielen Fahrten schuld, die er oft nachts unternehmen mußte, um pünktlich im Amt zu sein. Kam er daheim an, küßte er schnell die Frauen, schwang den Jungen hoch in die Luft, bückte sich über das Bett des Mädchens. Dabei entstand in seinem Gesicht, das man immer nur froh und ruhig gekannt hatte, ein Ausdruck von Mitleid und Hilflosigkeit. Es war, als hätte er etwas in der Welt entdeckt, das man weder mit klarem Verstand noch mit ärztlicher Kunst verändern kann. Marie sagte unruhig: »Es geht ihm viel besser. Der Arzt ist zufrieden.«

Jan sagte: »Ja? Wirklich?«

Er schloß sich oft in sein Zimmer ein. Er sprach daheim nie über seinen Beruf. Marie stellte ihm keine Fragen, da er Fragen nicht liebte. Er sagte nur einmal, als sie ihm klopfte, es sei an der Zeit abzufahren: »Ach ja. Hier war es leichter.«

Sie sah ihn aufmerksam an, und sie sagte: »Man hat dir ein großes Vertrauen geschenkt.« Worauf er sagte: »Das ist es eben.«

Was ihn beunruhigte, hieß am Gerichtshof »Der Fall Viktor Gasko.« So wurde seit dem Spanischen Bürgerkrieg ein Mann genannt, der bald vierzig Jahre alt war, mit starken dunklen Brauen und dunklem Haar, von aufrechter, stolzer Haltung. Man konnte glauben, die spanischen Menschen hätten gewirkt auf sein Aussehen. Plötzlich war er verhaftet worden, zur Bestürzung der Freunde, die etwas davon erfahren hatten. Denn bekannt war der Vorfall noch nicht, aus verschiedenen Gründen. Die meisten glaubten an einen sinnlosen Irrtum, der sich schnell klären müsse. Manche glaubten an die Verleumdung einer böswilligen, neidischen Person. Vielleicht war dieser und jener auch bange, er könne als Gaskos Freund in die undurchsichtige Sache hineingezogen werden.

Gasko hatte kürzere Zeit in Jans Vaterstadt als Assistent in einem großen biologischen Institut gearbeitet, »um mich wieder einzuarbeiten«, wie er sagte. Denn er war nach dem Spanischen Krieg in Frankreich interniert worden und bei der Besetzung Frankreichs in ein deutsches Lager geraten, und Ende des zweiten Weltkrieges war er, ein Knochengerüst, so dünn wie sein Schatten, nach hundertmal überstandenem Tod, in die Heimat zurückgekehrt. Stefan hatte ihn manchmal zu Jan heraufgebracht. Mit ihren Vorräten, mit ihrem warmen Herzen hatte ihn Jans Mutter gestärkt. Andreas gefiel ihm sofort, weil er selbst gern sang. Ihr Zusammensein in Jans Wohnung war stets gut und froh.

Jetzt hieß es, Gasko hätte seit Jahr und Tag Berichte ins Ausland geliefert. Jan studierte die Anklageakte. Am Montag der nächsten Woche sollte ihm Gasko vorgeführt werden. Jan suchte Sonntag auf Montag den Professor Kalam auf. Der arbeitete die halbe Nacht. Als er selbst öffnete, Mitternacht war schon vorbei, wurde der Eisglanz seiner Augen gütig und freudig bei Jans Anblick. Er sagte sofort: »Du kommst wegen dem Gasko!«

»Ja«, sagte Jan, »die Unterlagen reichen nicht aus. Sie kommen mir bis jetzt vor wie willkürliche Verdächtigungen. Ich kenne den Mann, ich weiß nicht, ob Sie das wissen? Ich bin noch nicht überzeugt von seiner Schuld.«

»Ich weiß, daß du ihn kennst«, erwiderte Kalam. Und seine Augen waren auf einmal eishell. »Gerade deshalb bist du geeignet, den Fall Gasko durchzuführen. Du wirst ja nicht das erstemal mit ihm sprechen. Wenn du's ihm zugetraut hättest, gleich bei eurer Bekanntschaft, dann hätte er nie ausführen können, was er ausgeführt hat. Jetzt weißt du's. Darum bist du gewappnet. Was man dem Gasko vorwirft, kommt von einer Seite, die über jeden Zweifel erhaben ist. An der Beschuldigung, darüber mußt du dir klar sein, von vornherein, ist gar kein Zweifel möglich. Darauf stell dich ein, wenn du mit dem Mann sprichst. Ein paar Dokumente will ich dir erst morgen abend zeigen. Geh du jetzt heim. In deinem Alter muß man ordentlich schlafen. Und morgen früh sieh dir den Gasko an. Du wirst ihm, was er dir auch vorspielt, gewachsen sein.«

Jan ging in sein Zimmer. Er schlief nicht. Auf die Minute saß er im Amt. Er schalt sich, weil sein Herz schlug, als ob er eine andere Art von Angeklagten erwarte, als die, die ihm in seinem Beruf seit Jahren vorgeführt wurde.

Viktor Gasko sah genauso aus, wie Jan ihn gekannt hatte. Vielleicht war er in den letzten Wochen abermals abgemagert. Er drehte sofort sein langes indianerhaftes Gesicht mit dunklen Augen Jan zu. Es schien, daß er ihn nicht wiedererkannte. Er rief: »Wenn ihr mich totmachen wollt, gerade mich, ich weiß zwar nicht warum, dann erschießt mich oder hängt mich auf oder laßt mich irgendwo verrecken, ohne Papier und Tinte zu vergeuden. Ihr werdet mich nie zwingen, etwas auszusagen, was nicht stimmt. Ihr könnt mich verhören, solange ihr wollt. Es gibt keinen Grund für mich, hört ihr, keinen wie gearteten Grund, daß ich etwas aussage, was nicht stimmt. Ihr könnt tun mit mir, was ihr wollt.«

Jan sagte: »Beruhigen Sie sich, Sie sollen hier nichts aussagen, was nicht stimmt. Ich will heute nur von Ihnen wissen, warum Sie während der Konferenz in Uppsala mit dem Professor Schapiro zweimal nach Göteborg fuhren. Warum sahen Sie ihn dann noch einmal im Oktober 1949 und dann im Mai fünfzig in Stockholm wieder?«

»Ach so«, sagte Gasko, »das hat jemand nicht in den Kram gepaßt. Man hätte mich gleich danach fragen sollen. Dann hätte ich gleich gesagt, was ich Ihnen jetzt sage: Mich hat mein Professor Berg, Sie kennen ihn dem Namen nach, dringend darum gebeten. Er hat mich gebeten, den Schapiro für eine Mitarbeit zu gewinnen. Es sei wohl möglich, dachte Berg, er käme für unsere Zeitschrift in Betracht, ja auch für eine Vortragsserie. Er hielt gerade mich für geeignet, darüber mit dem Schapiro zu sprechen, denn wir waren zusammen in Spanien.«

»Und bei den Zusammentreffen«, sagte Jan, »haben Sie diesen Schapiro über verschiedene Versuche unterrichtet, die bei uns gemacht werden?«

Gasko erwiderte grob: »Laßt mich damit in Ruhe! Ich habe ihm keine Geheimnisse anvertraut. Wir haben von Untersuchungen gesprochen, die unser Institut macht und seins. Sie können sich höchstens mit einem Engel über die reine Ewigkeit unterhalten. Für irdische Gespräche brauchen Sie einen Gesprächsstoff. Ich hab ihm gesagt, was mir mein Professor auftrug.«

Am Nachmittag ging Jan zu Kalam. Der begann seine Arbeit etwa um fünf Uhr. Er wurde mürrisch, wenn man ihn früher störte. Er hörte sich Jans Bericht an. Er sagte schließlich: »Was Ihnen da Gasko erzählt, hat nur einen Fehler: Dieser Professor Berg, auf den er sich beruft, ist tot. Er ist letztes Jahr verunglückt. Und falls er sich morgen auf Fischer beruft, der Bergs Assistent war, der ist ins Ausland geflohen.«

Er schwieg, und auch Jan dachte nach. Kalam nahm das Gespräch wieder auf: »Gasko und Berg haben also darauf bestanden, einen Professor Schapiro, der jetzt in Kanada liest, in Montreal, zu uns zu Gast zu laden. Hier ist ein Brief, den Gasko an Schapiro geschrieben hat, die beiden waren mal in den Internationalen Brigaden, das hat er Ihnen schon erklärt. Und auch, daß er

Schapiro schrieb im Auftrag von Berg. ›Mir geht es nicht gut und nicht schlecht. Du hast inzwischen geheiratet. Äußerst praktisch. Ich glaube, ihr beide könntet uns hier bald besuchen.‹«

Kalam gab Jan verschiedene Schriftstücke, Briefe und Zeitungsausschnitte. Er sagte: »Lies sie aufmerksam durch.«

Jan las in der Nacht, er grübelte. Aus den Papieren ergab sich, daß Schapiro mit seiner Frau auf Gaskos Drängen wirklich gekommen war. Er hatte danach wahrhaft giftige Reiseberichte verfaßt. Mit Einzelheiten, Personen und Versuche betreffend, die er vielleicht allein nicht hätte feststellen können. Es war aber möglich, daß eine kalte, von vornherein auf Mängel erpichte Beobachtung zu demselben Ergebnis gekommen wäre. – Jan fand in den Unterlagen keinen wirklichen Schuldbeweis.

Bei der nächsten Vernehmung rief Gasko: »Ich möchte wissen, wer mir an den Kragen will und warum!«

Darauf erwiderte Jan: »Ich weiß nicht, wer Ihnen an den Kragen will und warum, wenn Sie unschuldig sind. Das letztemal haben Sie mir erklärt, daß Sie während der Konferenz in Uppsala mit Schapiro nach Göteborg fuhren und ihn später in Stockholm trafen. –«

Gasko unterbrach ihn: »Ja, ja, zum Teufel. Und es hat doch nichts genützt. Er kam zwar auf Besuch, doch dieser Besuch verlief nicht gut. Ist euch so was noch nie passiert?«

Jan dachte, obwohl er sich vorgenommen hatte, Gaskos Ausbrüche ruhig anzuhören, was heißt das, euch? Wir sind immer wir, und ich bin stolz dazuzugehören; er sagte rasch: »Nur, Ihre Mitteilung, Gasko, hat einen Haken. Der Professor Berg, auf den Sie sich ständig berufen, ist seit mehreren Monaten tot.«

Gasko wurde weiß im Gesicht. Er starrte Jan an. Der dachte: Er ist überrascht. Das ist keine Verstellung. Er sagte: »Ein Autounglück. Haben Sie nichts davon erfahren?«

»Nein«, sagte Gasko tonlos, »er war verreist, als ich verhaftet wurde, und als ich versuchte, ihn zu erreichen, kam keine Antwort. Ich glaubte, mein Brief sei nicht befördert worden, oder man enthalte mir die Antwort vor. Warum hat man mir nichts gesagt?«

»Noch jemand muß außer Berg gewußt haben«, sagte Jan, ohne die Frage zu beachten, »daß Sie sich mit Schapiro in Verbindung setzen sollten.«

Gasko war betäubt von der Todesnachricht, und Jan fuhr fort: »Irgend jemand war sicher im Bild bei der Vorbereitung der Reise, denken Sie nach!«

Jetzt gab Gasko, wie es Kalam vorausgesagt hatte, zur Antwort: »Ja, Fischer, Bergs Assistent. Der war oft in Bergs Zimmer, auch bei dieser Besprechung.«

»Nur leider«, sagte Jan, »ist dieser Fischer abgehauen. Er sitzt jetzt in Wien.«

»Was, Fischer?« fragte Gasko bestürzt. Dann

brach es aus ihm heraus: »Das muß nach meiner Verhaftung geschehen sein. Wenn ich mit ihm gesprochen hätte, dann wär er nie und nimmer weg. Sein Lehrer, sein bester Freund, war umgekommen, und ich, ich war plötzlich grundlos verhaftet. Es ist nicht jedermanns Sache, sich grundlos verhaften zu lassen. Da hat er die Gelegenheit benutzt, sein Visum war noch gültig. Er ist fort. Durch euch, durch eure Schuld!«

»Beherrschen Sie sich!« rief Jan.

Als dieses Verhör beendet war, raffte sich Gasko noch einmal auf.

Er stieß heraus: »Unsre Idee ist die beste, die Menschen sich jemals ausgedacht haben. Was macht ihr aus dieser Idee, ihr? Sie waren auch noch ein anderer vor drei Jahren! Bei Ihnen ist es doch nicht die Angst. Hat denn das bißchen Macht Sie so schnell verdorben? Hat man Ihnen befohlen, mich schuldig zu finden? Was hat man aus Ihnen gemacht, in drei Jahren! Wollen Sie Ihren Posten nicht verlieren?« Er war abgeführt worden.

Jan hatte die Absicht, aufs Wochenende heimzufahren, obwohl es ihm nicht leichter geworden wäre, unter dem Blick der Frau. Doch Kalam ließ ihn in seine Wohnung kommen, befahl es ihm mehr, als daß er ihn einlud. Er sagte, seine Stimme war nüchtern, sein Blick war weder warm noch kalt: »Wir haben Ihnen den Fall Viktor Gasko anvertraut, weil wir sicher zu sein glaubten, der Fall könne von keinem so klar und einwandfrei geführt werden wie von Ihnen. Wir waren der Meinung, gerade der Umstand, daß Ihnen Viktor Gasko bekannt war, würde es Ihnen erleichtern, den Mann zu durchschauen, sozusagen gefeit zu sein gegen seine Mätzchen, diese Ausbrüche, diese zornigen Unschuldsbeteuerungen, die er gern vom Stapel läßt. Wir waren der Meinung, als wir Ihnen die Angelegenheit übergaben, die Voruntersuchung sei bis zum heutigen Tag längst abgeschlossen, der Gerichtshof zusammengerufen, die Anklage erhoben, das Urteil erfolgt. Ich habe aber den Eindruck aus Ihren Worten, und auch aus Ihren schriftlichen Anmerkungen zu den Protokollen, die Ihnen vorgelegt wurden, daß für Sie die Schuld dieses Gasko noch immer nicht einwandfrei feststeht.« –

Keine Spur Güte war mehr in Kalams Gesicht. Jan tat es weh, ihm in die gelblich-eisigen Augen zu sehen, er senkte die Lider und dachte nach: Ja, er hat recht, ich war nie überzeugt von Gaskos Schuld.

Kalam fuhr fort: »Ich hätte ja nie gedacht, daß gerade bei Ihnen etwas wirkt, was jedes gerechte Urteil ausschließt: Die vorgefaßte Meinung.« –

Jan machte eine Bewegung. Er fand nicht gleich die Worte, um Kalam zu entgegnen. Bisher war Kalam sein Lehrer gewesen, fast sein Freund.

»Hier sind die Papiere, die man bei dem verunglückten Berg gefunden hat.«

Kalam nahm etwas aus seiner Schreibtischschublade, und er drehte sich zugleich halb um, und er wechselte ein paar Worte, die Jan aber nicht verstand, mit einem dritten, der schräg hinter ihm saß, mit dem Rücken gegen die Bücherregale, und dem Gespräch gefolgt war. Es war freilich mehr eine lange Äußerung Kalams gewesen als Rede und Gegenrede. Das Zimmer war dunkel trotz des sommerlich langen Nachmittags, bis auf den engen Lichtkreis der Lampe. Die Vorhänge waren stets heruntergelassen, sobald die Lampe schien, und sie schien, wenn Kalam seine Arbeit begann.

Jetzt stellte Kalam Jan dem Fremden vor, dessen Namen zu nennen vergaß er oder vermied er. Und Jan, ein wenig erstaunt über die Anwesenheit einer dritten Person, stellte fest, soweit etwas außerhalb des Lichtscheins erkennbar war, daß dieser Fremde trotz der Jahreszeit einen Mantel trug; er war vielleicht kränklich oder erschöpft – dann fröstelt man, dachte Jan flüchtig unter dem Anstrom verschiedener weit stärkerer Gedanken. Das blasse Gesicht mit dem Brillengeschimmer, das erst zum Vorschein kam, als es sich etwas zu Kalam beugte, hatte nichts Einprägsames an sich.

Jan, auf seinem Platz hinter dem großen Schreibtisch, an dem er, sich mit Kalam beredend, gewöhnlich saß, begann die Papiere durchzusehen. Sie enthielten mehrmals den Namen Schapiro, auch verschiedene Notizen, wer mit ihm sprechen und was man ihm zeigen sollte, vielleicht für den Fall, daß Berg zufällig bei dem Besuch nicht im Land sei.

Kalam belauerte Jans Gesicht, als sei die Veränderung, die beim Lesen darin entstehen könnte, eine Beute, die er sich sichern müsse. Er sagte: »Das darf nicht aus dem Zimmer heraus. Das Angedenken Bergs darf nicht geschmälert werden. Der Mann galt in seinem Fach als einer der Besten und soll es auch weiter gelten.« Er streckte schon die Hand aus nach den Notizen, aber Jan hielt sie fest und sagte: »Die sind einem Notizblock entnommen, den der Tote bei sich getragen hat?«

»Ja«, sagte Kalam, »im Auto.«

»Er hat die Verhaftung nicht miterlebt?«

»Nein. Und?« fragte Kalam mit einer leichten Ungeduld.

Jan dachte nach. Den Fremden vergaß er dabei, er vergaß sogar Kalam. Dann sagte er: »Gasko ist so rasch nach dem Unfall verhaftet worden, daß er davon nichts mehr erfuhr.«

»Wieso kommen Sie darauf?«

»Der Angeklagte hat erst bei dem Verhör von dem Unglück erfahren.«

»Statt sich darüber den Kopf zu zerbrechen, lesen Sie mal«, sagte Kalam, »was ein Gast des Instituts, ein Dr. Lapski, über seine Gespräche mit Gasko gemeldet hat. Denn in Lapskis Person hat Gasko sich offenbar schwer getäuscht.«

Lapski hatte – bei seinem eigenen Verhör – den Hauptteil dieser Gespräche in klaren Worten wiedergegeben: Viele spöttische, ja verächtliche, zweifellos schädliche Äußerungen, die Gasko gemacht hatte.

»Nun, gehen Sie jetzt heim, Jan. Stecken Sie dieses Papier ruhig ein. Denken Sie nach«, sagte Kalam, nicht so warm wie früher, doch etwas weniger hart als kurz zuvor. – Über dem echten Protokoll war eine Spur des erwarteten Zweifels in Jans Gesicht entstanden.

In diesen Minuten hatte der fremde Gast Jan unausgesetzt beobachtet. Jan hatte ihn nicht mehr beachtet. Er war verzehrt von der Frage: Ist es doch möglich, daß Gasko schuldig sein kann? Es kann sein, falls er wirklich die Äußerungen tat, die dieser Lapski bezeugt. – Er stand ganz in Gedanken auf. Er war schon in der Tür, als er sich noch einmal umwandt, um den Fremden zu grüßen. Der hatte bereits seinen Stuhl gerückt, sein Gesicht war recht lebhaft geworden, sein Mund sah im Lampenlicht röter, geschwollener aus. –

Jan ging in das Zimmer, das er sich hier in der Stadt gemietet hatte. Als er das Protokoll noch einmal Satz für Satz studierte, gab er fast Kalam recht: Er ist schuldig, wenn er das wirklich sagte. Ich aber, ich hab von der ersten Minute an an seiner Schuld gezweifelt. Doch hab ich auch nur den geringsten Grund, an Kalams Urteil zu zweifeln? An diesem alten, treuen, ergebenen Mann? Der zehn Jahre und länger in faschistischen Kerkern gesessen hat? – Warum bin ich meinen Zweifel niemals ganz losgeworden, obwohl Kalam mir sagte, Gaskos Schuld steht unwiderlegbar fest? Und hier dieses Protokoll! Die Aussage dieses Lapski, schwarz auf weiß. –

Weil er das Alleinsein plötzlich nicht mehr ertragen konnte, beschloß er, zu seinem Studienfreund Stefan zu fahren. Als Jan vor einigen Wochen Andreas aufsuchen wollte, war ihm der Bescheid geworden: Der wohnt nicht mehr hier. Stefan wußte sicher, wo Andreas zu finden war.

Er stand abends vor Stefans Wohnung. Es roch gut nach Braten. Dabei fiel es Jan ein, daß er Hunger hatte und seit seinem Morgenkaffee nichts verzehrt.

Der kleinen Frau, die ihm öffnete, sah man an, daß es nicht mehr weit bis zu ihrer Niederkunft war. In ihrem Gesicht mit der lustigen Stupsnase und den Haarkringeln war aber nichts Mütterliches. Sie schien betroffen von Jans Erscheinen. Sie rief nicht: »Jan ist da!« Sie ging ins Nebenzimmer und besprach etwas leise mit ihrem Mann. Der kam dann allein durch die Tür, begrüßte Jan mit flüchtiger Hand. Er sagte: »Mein Lieber, du kommst ganz unerwartet, wir müssen in drei Minuten fortgehen.«

»Schon gut«, sagte Jan. »Ich kam nur, um nach Andreas' neuer Adresse zu fragen.«

Jetzt sah ihn Stefan scharf an. Dann sagte er: »Mein Lieber, da fragst du mich zuviel. Ich hab keine Ahnung.«

Jan fühlte ein starkes Unbehagen, obgleich er den Sinn der Antwort noch nicht erfaßte. Er sagte, immer noch stehend, da Stefan ihm keinen Stuhl anbot: »Es war mir darum zu tun, mit euch beiden zu sprechen, denn ich hab nie solche Freunde gehabt wie euch. Im Grunde genommen, Stefan, ist mir sogar deine Meinung in dieser Sache wichtiger als Andreas' Meinung. Du hast vor einigen Jahren einen gewissen Viktor Gasko zu uns hinaufgebracht, erinnerst du dich? Ihr wart zusammen im Spanischen Bürgerkrieg –«

Stefan unterbrach ihn: »Ich weiß nicht mehr, wer ihn zu euch gebracht hat, wahrscheinlich Andreas. Ich traf zwar den Viktor Gasko ein paarmal in Spanien, aber nur kurz; denn wie du weißt, war ich zweimal schwer verwundet. Ich war dann jedesmal auf Genesungsurlaub. Dann wurde ich auf einem anderen Punkt eingesetzt, so daß ich nicht mehr mit ihm in Berührung kam. Nein. Wenn du Auskunft willst über diesen Gasko, dann bist du hier an den Falschen geraten. –«

Er dämpfte die Stimme, ihr Klang war auf einmal streng, ja böse: »Du weißt doch, in welchem Zustand meine Frau jetzt ist, sie kann jeden Tag niederkommen. Ich will nicht, daß sie durch solche Sachen beunruhigt wird. Man hat uns zum Glück bis jetzt in Ruhe gelassen, da kommst du an und wirbelst den alten Staub auf. –« Die Frau rief aus dem Nebenzimmer, ungeduldig, mit heller Stimme: »Stefan! Stefan!«

Jan, während sich Widerwillen und Gram in seinem Herzen zusammenballten, sah an Stefans

Gesicht vorbei auf ein Bild an der Wand, ein Aquarell, eine Stadtansicht, die ihm stark mißfiel. Es hatte schon bei seinem ersten Besuch an dieser Stelle gehangen, doch damals war sein Mißfallen im Vergleich zur Wiedersehensfreude unbedeutend gewesen. Eher eine Belustigung, daß seinem klugen Stefan so ein Kitsch gefiel. Er machte eine Bewegung, um fortzugehen für jetzt und immer, er konnte sich aber nicht enthalten, Stefan ins Gesicht zu sagen: »Verstehst du unter ›altem Staub‹ das Stück deiner Vergangenheit, um das ich dich immer beneidet habe?«

»Ich weiß nicht«, sagte Stefan, »worum du mich beneidet hast. Nun geh schon, wenn du's so eilig hast.«

Jan lief in der nächtlichen Stadt herum. Auf einmal war sein Durst unerträglich. Er machte vor einer Bude halt, schüttete eine Flasche Limonade hinunter. Dann stürzte er weiter, die Fragen jagten ihn. Was ist mit Andreas los? Ist er auch verhaftet? Warum? Wovor hat Stefan Angst? – Dann ging er langsam, und er dachte auch langsam nach. Der alte Kalam ist überzeugt von Viktors Schuld. Wer will nur, daß der alte, zähe Mann überzeugt ist von Viktors Schuld? Warum? – Damit er mich überzeugt? Weil man weiß, daß ich ihm vertraue? Damit hat man gerechnet. Wer kann nur wollen, daß ich dem Kalam ohne Schwanken vertraue? Bestimmt kein Freund. –

Den Rest der Nacht schlief er besser als in den vorangegangenen Nächten. Er wußte, daß ihn nichts in der Welt beirren könnte. Gerade weil er ahnte, daß auch Andreas verhaftet sei, der klare, reine Andreas, hielt er es für seine Pflicht, die Schuld Gaskos zu prüfen und wieder zu prüfen.

Tags darauf ging er zu dem Professor Kalam, um das Protokoll zurückzubringen. Er sagte: »Die Glaubwürdigkeit dieses Lapski, der selbst angeklagt war in einer Sache, die mir unklar vorkommt, muß sorgfältig geprüft werden. Man muß ihn verhören.«

»Das ist geschehen«, sagte Kalam. »Sie scheinen sich da ein seltsames Bild von unserer Arbeit zu machen. Sie, junger Freund –«, setzte er mit einem unguten Lächeln hinzu, das seinen des Lächelns ungewohnten Mund verzog, »in was sind Sie denn hineingerannt? Wie oft hab ich Ihnen schon versichert, daß die Schuldfrage feststeht durch die Einsicht einiger Menschen, die so hoch über mir stehen, wie – –« Er suchte einen Vergleich, darum kam ihm Jan zuvor. »Wie Sie über mir.«

Kalam zuckte die Achsel. Als Jan wegging, nickte er kurz, er sah ihn gleichgültig an wie eine Straßenbegegnung.

Ein älterer Advokat, mit dem er bisher wenig gesprochen hatte, höchstens in beruflichen Dingen, trat mittags unschlüssig an ihn heran, er fühle sich sozusagen verpflichtet, ihm einen Rat zu geben, keinen richtigen Rat, das würde er gar nicht wagen, vielmehr ihn etwas zu fragen. »Ja, was denn? Ja, bitte!« sagte Jan.

»Es handelt sich«, sagte der andere leise, so daß ihm Jan unwillkürlich in eine Nische des Korridors folgte, »um den Prozeß, mit dem Sie jetzt zu tun haben. Seien Sie bitte nicht ärgerlich, wenn ich Ihnen dazu etwas sage. – Nein, nicht meine Meinung über die Angelegenheit«, fügte er schnell hinzu, da Jan ihn erstaunt ansah, »die kenn ich gar nicht. Ich habe nur den Eindruck, verzeihen Sie – Sie sind, soll ich sagen leider, soll ich Gott sei Dank sagen, beträchtlich jünger als ich –, Sie steigen da tief ein. Es ist mir nicht recht begreiflich, warum Sie sich so sehr um etwas kümmern, um das Sie sich gar nicht zu kümmern bräuchten. Warum tun Sie das? Verzeihen Sie, ich hab vielleicht gar nicht das Recht, Ihnen etwas zu sagen. Und sehen Sie, Sie kommen mir gar jung vor. Ich seh Sie mir an. Sie sind so ein offener, aufrechter, froher Mensch, ich höre, was man auf einmal da und dort über diesen Prozeß sagt und über Sie selbst. Verzeihen Sie bitte, ich wollte Ihnen gar nicht mehr sagen. Vielleicht war es schon zuviel, was ich sagte, und Sie verstehen mich gar nicht. –«

»Nein«, sagte Jan, »ich verstehe Sie wirklich nicht.«

»Vergessen Sie's bitte, vergessen Sie's«, sagte der andere, und so schnell war er weg, daß Jan die Begegnung spukhaft vorkam.

Beim nächsten Verhör fragte Jan den Gasko, ob er einen mit Namen Lapski kenne. Gasko antwortete nicht sogleich, er dachte nach, und dann, zu Jans Erstaunen, lachte er auf. Er sagte: »Ja, ich erinnere mich. Er hat ein Examen abgelegt bei Berg. Auch ich saß am Prüfungstisch. Und dieser Lapski, ein ganz begabter Bursche, wir zweifelten nicht im geringsten daran, daß er die Prüfung bestehen würde, hielt sich plötzlich am Tisch fest, er hat später gesagt, es sei ihm schwarz vor den Augen geworden, er fiel beinahe in Ohnmacht, vor Angst, vor Erregung, weiß ich warum. Vielleicht aus Ehrgeiz, weil er Gefahr lief, nicht mit der bestmöglichsten Note abzuschließen; ich rief ihm etwas hart zu: ›Um Gottes willen, beruhigen Sie sich!‹ Mehr hab ich wohl im Leben nicht mit ihm gesprochen, außer berufliche Dinge. Er kam noch öfters ins Institut.«

»Was führt Sie denn heute her?« fragte Kalam am Abend, als Jan wieder vor ihm stand, unaufgefordert und unerwartet. Jan sagte, er müsse darauf bestehen, den Lapski selbst zu verhören. Darauf erwiderte Kalam: »Hier ist kein Amt, wie Sie wissen, hier ist kein Gerichtshof. Wenden Sie sich an die Stelle, die zuständig ist.«

Jan entschuldigte sich für die Störung. Er war bereits in der Tür, als Kalam rief: »Halt! Warten Sie mal!«

Jan kehrte um. Kalam machte ihm jetzt ein Zeichen, sich auf seinen alten Platz hinter dem Schreibtisch zu setzen. Er sagte: »Sie kommen sich wahrscheinlich nach Art sehr junger Leute besonders mutig vor. Sie haben, so glauben Sie, die Gerechtigkeit gepachtet. Großartig erscheint

Ihnen so ein Ausspruch: ›Ich bin noch nicht von der Schuld überzeugt‹.

Vielleicht fehlt wirklich im Protokoll ein Tüpfelchen –.« Und jetzt sprach er hart, seine Augen waren eiskalt. »Und Sie mögen im Recht sein, was das Tüpfelchen anbelangt. Die Zukunft soll also aufgehalten werden. Ein Verrat soll ungestört geschehen sein, damit Sie sich für gerecht halten können. Ich habe Sie überschätzt, entschuldigen Sie.«

Sein Ton war verächtlich. Doch Jan sah unbetroffen, nur nachdenklich auf den gebeugten, halbkahlen, weißfransigen Schädel. Er wartete einen Augenblick, ob Kalam den Kopf noch einmal heben würde. Dann ging er weg.

Leicht wog Kalams Verachtung nicht. Besonders nicht in der ersten Zeit. Er ist überzeugt, sagte sich Jan, ich halte aus Rechthaberei an einem Irrtum fest, der mit Gerechtigkeit nichts zu tun hat. Statt unbeirrt zuzugreifen, verfange ich mich in Rechtsspielereien. – Er grübelte immer noch Tag und Nacht, auch als die ganze Angelegenheit einem anderen, einem älteren Untersuchungsrichter übertragen war. Darüber war Jan durchaus nicht erstaunt. Er war noch nicht erleichtert. Er erlebte noch oft, was er in jener Nacht nach seinem Besuch bei Stefan durchgemacht hatte. Er schlug sich mit Zweifeln herum.

Dann stand Gasko in seinen Gedanken vor ihm, und er forderte ihn heraus, er versicherte seine

Unschuld, und Kalam, als sei er der Untersuchungsrichter an Jans Stelle, zerpflückte ihm diese fadenscheinige Unschuld. Und Jan, auf einmal hineingekrochen in Viktor Gasko, selbst angeklagt, duckte sich. Unter Kalams eisigem Blick entstand ein Schuldbewußtsein in seinem Herzen; wer hat noch nie ein Schuldbewußtsein gekannt?

Doch diese Verhöre in seinem Innern endeten immer so, daß Gasko plötzlich aus seiner Erschöpfung erwachte und die Anklage abschüttelte und jedes Gefühl von schlaffer, gegenstandsloser Reue. Seine kranken, vom Polizeilicht versengten Augen blitzten. Laßt mich endlich in Ruhe! Ich bin unschuldig!

Jan schrieb seiner Frau, er käme nicht nur aufs Wochenende, ein längerer Urlaub sei ihm bewilligt.

Er stieß noch einmal auf jenen älteren, fremden Anwalt, im selben Korridor, in dem ihn der Mann das erstemal angesprochen hatte. Jetzt kam es zu keinem Gespräch. Sie gingen stumm aneinander vorbei. Der andere sah ihn nur kurz an; in seinem Blick lag der Ausdruck: Jetzt weißt du, wohin es führt. –

Bei der Ankunft sah er dem Gesicht seiner Frau an, daß etwas nicht stimmte. Die Mutter sei mehrmals vorgeladen worden, sagte Marie, jetzt sei sie schwer krank. Bestürzt war Jan, er dachte unwillkürlich an einen Zusammenhang mit seiner eigenen Angelegenheit. War die Mutter etwa nach Gaskos Besuchen in vergangenen Jahren ausgefragt worden?

»Nein«, sagte Marie, »nach deiner Schwester Olga. Die Mutter fuhr manchmal zu einer Kusine, um zu hören, was Olga geschrieben hatte. Sie war des Glaubens, für dich sei es besser, jede Beziehung mit diesem Teil der Familie aufzugeben. Und was inzwischen geschehen ist, beweist, daß sie recht hat. Denn Olgas Mann, der Arzt, hat eine Stellung in Kanada angenommen.« – Nur dem Klang nach fiel Jan der Name des Landes ein, das am Rande von Gaskos Verhör genannt worden war.

»Kanada?«

»In Montreal«, sagte Marie.

Da Jan vor sich hin starrte, packte sie ihn am Schopf. »Komm, der Junge wartet auf dich. Und unser Mädel hast du dir noch nicht angesehen. Es ist gesund, vollkommen gesund.«

Jan sprang plötzlich auf die Füße, er schwang den Jungen in die Luft, er bückte sich über das Kinderbett, nicht mitleidig, sondern froh und zärtlich.

Sie verlebten eine vergnügte Woche. Auch die Mutter erholte sich. Es war ihr ein Trost, daß Jan offenbar die Sache mit Olga nicht wichtig nahm.

Die ersten Tage stieg er mit seiner Frau und dem Jungen im Wald herum. Er fing langsam an, sich zu wundern, daß aus der Hauptstadt keine Art Nachricht eintraf. Er hatte sogar den Gedanken, jenen älteren Anwalt zu fragen, wie die

Sache Gasko verlaufen sei. – Auf einmal stellte sich heraus, daß er gerade zu diesem ihm beinahe unbekannten Mann ein gewisses Vertrauen fühlte. Dann wieder sagte er sich: Warum frage ich denn nicht einfach meinen Nachfolger?

Er wurde Sonntag auf Montag verhaftet. Marie war sehr ruhig, stumm. Erst als man ihn abführte über die Schwelle, weinte sie auf. Und einer der Polizisten fuhr sie an: »Jetzt ist's zum Weinen zu spät. Warum haben Sie den zum Mann genommen?«

Der andere aber sagte leise: »Wein nicht, Frau, er kommt dir bestimmt gesund zurück.«

Obwohl Jan nach seiner Verhaftung lange Zeit nichts mehr von Marie hörte, verfolgte ihn wie ein Lichtschweif der Blick ihrer glänzend nassen Augen. Er konnte sich plötzlich genau erinnern, wie sie aufgehört hatte zu weinen und die Stirn gerunzelt, als man ihn stieß.

Bei seiner Vernehmung sagte der Untersuchungsrichter: »Jetzt haben Sie nicht mehr nötig, Ihre Mutter zu schonen. Hier liegt die Aussage Ihrer Mutter. Sie wollen mir doch nicht weismachen, daß Sie keine Verbindung hatten zu Ihrer Schwester und Ihrem Schwager.«

Jan beteuerte, daß er erst kürzlich etwas über den Aufenthalt seiner Verwandten erfahren hätte. Der Untersuchungsrichter lachte hell auf. Ja, sicher, seiner Frau, der Tochter des Eisenbahners, der als Widerstandskämpfer umgekommen sei, hätte er alles verheimlicht, das glaube er gern.

Hier solle er sich hüten, ihm ins Gesicht zu lügen. Es sei doch kein Zufall, daß sein Schwager ausgerechnet in Montreal lebe.

»Ich habe bisher nicht gewußt«, sagte Jan, »ob er in Neu-Delhi lebt oder in Montreal, denn es ist mir egal.«

Der Untersuchungsrichter spielte mit offenen Karten, als Jan erschöpft war, bei dem dritten oder vierten Verhör. »Wir ließen die Sache auf sich beruhen, wenn sie nichts anderes wäre als eine Familiensache, wie Sie uns einreden wollen. Es ist der Kreis der Menschen, zu dem Ihr Schwager gehört hat, der für uns wichtig ist. Denn zu diesem Kreis gehört mancher Name, der uns nicht unbekannt ist, zum Beispiel ein gewisser Schapiro –«.

Jan horchte auf, er dachte: Ach, so herum soll die Sache laufen. Die wollen auch mich abstempeln.

»Jetzt wird es verständlich, warum Sie sich weigerten, den Gasko der Strafe zuzuführen, die er verdient. Warum Sie seinen Prozeß dauernd hinausgezögert haben.« –

Jan dachte: Warum weigert sich dieser Mann nicht, der jetzt in meiner Sache den Untersuchungsrichter spielt, ein solches Verfahren zu führen? Wir beide, wir kennen uns aus unserem Beruf. Glaubt der im Ernst an meine Schuld? Ist er überzeugt, wie ich es bin, daß zu unserem Leben Gerechtigkeit gehört wie Luft? Durchaus nicht. Er hat gemerkt, wie schnell ich selbst meine

Stelle verlor, als ich mich weigerte, die Schuld des Gasko anzuerkennen. Nein. Halt! Etwas andres spielt sich in seinem Kopf ab: Er selbst, er hält sich für gerecht, er will sich dafür halten können. Darum muß er sich zwingen, an meine Schuld zu glauben, damit er nicht seine Stelle verliert und rasch steigt.

Zuerst lag Jan allein in der Zelle. Seine Gedanken reihten sich manchmal aneinander, wie auf eine Schnur gezogen, manchmal, als sei die Schnur gerissen, zerstreuten sie sich und rieselten dahin und dorthin. Ihm fiel ein, daß er vom Ansehen die Frau des Untersuchungsrichters kannte. Die hatte eines Tages vor dem Portal des Gerichtsgebäudes gewartet. Der Mann hatte flink den Arm um sie gelegt. Mit einem stolzen Lächeln. Denn sie war schön. Ihre Haut war weiß. »Wir sind frisch verheiratet.«

»Freut mich. Freut mich sehr.«

Nun war sie also die Frau eines Richters, der nichts auf Gerechtigkeit gab. Und dann? Was weiter? Vermutlich gar nichts. Gute Zimmer würden ihr eigen sein und gute Kleider und noch viel mehr. Ihr Mann würde nach jeder Verhandlung, die er geführt hatte, wie er sie führen sollte, um Stufe für Stufe zu steigen in Amt und Würde, nach Hause stürzen und seine Frau umarmen, mit der Haut, so weiß wie Schnee, mit dem Haar, so schwarz wie Ebenholz. Und er sah gewiß nicht schlecht aus in ihren Augen, so stracks, so aufrecht. Die Schultern keineswegs von Last beschwert. Und Kinder würden sie bekommen, die waren dann die Kinder des Richters, der nichts auf Gerechtigkeit gab. Mein kleines Mädchen aber ist endlich wieder gesund. Ich hoffe, es wird ein gesundes, ein schönes Mädchen. Etwas ist in der Welt verkehrt. Sonst wären seine Kinder häßliche Kinder. Was hat Gasko gesagt? Unsere Idee ist die beste, die jemals Menschen sich ausgedacht haben. Damals hab ich noch nicht geahnt, es könnte so schwer sein, sie hochzuhalten, diese Idee.

Ein älterer Mann, vielleicht ein Familienvater, wurde in seine Zelle gelegt. Der war zuerst stumm, auf einmal wurde er wütig, dann wurde er ganz geschwätzig.

Es stellte sich heraus, seine Schuld war ein kindisch grobes, gleichsam verrohtes Abbild der Schuld, die man Gasko vorwarf. Der Mann, Abteilungsleiter in einem großen chemischen Werk, hatte einem Verwandten ins Ausland in lustigen Familienbriefen verschiedene Formeln geliefert. Jan fragte sich, was man bezwecke mit der Wahl dieses Zellennachbarn. Ihn belehren? Ihn niederdrücken? Gar nichts?

Der andere sagte: »Warum sperrt man uns ein? Ich hab mich nie um die neuen Gesetze gekümmert, gegen die ich verstoßen haben soll. Ich hab mir den Staat nicht ausgesucht.«

»Ich ja«, sagte Jan.

»Und wenn man Sie jetzt vor die Wahl stellen würde?«

»Dann würd ich ihn wieder wählen«, sagte Jan, »und diesen Staat, nur diesen, gerade diesen so gut wie möglich machen!«

»Sie würden mich noch mal einsperren?«

»Ja, sicher.«

Jan mußte die nächsten Tage leiden unter der verbissenen Wut seines Zellennachbarn. Dann bekam er, zunächst zu seiner Erleichterung, einen Gefährten, der viel wußte und viel gelesen hatte. Sich gern unterhielt über wissenschaftliche Werke. Jan fragte viel. Einmal erwähnte der andere, er hätte wochenlang unter einem Dach mit dem Professor Berg gelebt, der zu aller Bestürzung durch einen Autounfall ums Leben gekommen sei. Jan begriff plötzlich, daß dieser Mensch ihn aushorchen sollte. Nach einem Verhör kam der Zellennachbar scheinbar zermürbt zurück.

»Wie hätte ich ahnen können, daß mir diese Bekanntschaft zum Verhängnis wird!«

»Bekanntschaft mit wem?«

»Mit dem Viktor Gasko. Bergs rechte Hand. Wenn Gasko mir sagte, führen Sie diesen und jenen herum, erklären Sie ihm dieses und jenes, ist das eine Sünde? Sie kennen den Gasko. Hätten Sie nicht geglaubt, er weiß, was man wem zeigen kann?«

»Ich bin überzeugt, daß er's weiß«, erwiderte Jan. »Übrigens weiß ich es selbst. Ich brauch mich auf keinen anderen zu verlassen, nicht einmal auf Gasko.« –

»Sie halten ihn also noch immer für anständig,

wie? Er ist aber schon verurteilt worden, er ist schon abtransportiert. Sie halten ihn, sagen Sie, noch immer für anständig?«

»Ja«, sagte Jan kurz. Er war dem Zellennachbarn, der vermutlich seine Gesinnung erschnüffeln sollte, von Herzen dankbar, weil nun endlich klar war, wie Gaskos Prozeß geendet hatte. An seine, an Jans Stelle, war endgültig ein anderer getreten, der ehrgeizige junge Richter, der sich vor kurzem mit der weißhäutigen Frau verheiratet hatte.

So, wie man ihn vorher gedrängt hatte, die Beweise von Gaskos Schuld anzuerkennen, so wurde er jetzt gedrängt, seine eigene Schuld einzugestehen. Er erwiderte ein Mal ums andere Mal, daß nichts und niemand ihn dazu bringen könne, etwas zu bekennen, was er niemals begangen hatte. Auf dem Weg zum Waschraum flüsterte ihm jemand zu: »Du machst's falsch, gib nach. Man wird dich noch jahrelang herumschleifen. Nur wenn du nachgibst, kommst du endlich vor ein Gericht. Dann kannst du alles widerrufen. Du kannst laut erklären, man hätte dich gezwungen, gib nach! Gib nach!« –

»Nein«, sagte Jan. Die Versuchung, Unrecht als Recht zu erklären, wenn auch zwangsläufig, wenn auch nur als Notbehelf, kam ihm nicht einmal in Gedanken.

Er war beim Abtransport in einem Waggon mit Räubern und Schiebern und Dieben eingesperrt. In ihren Gesichtern, die manchmal spitzig und hämisch und manchmal träge und manchmal tödlich gelangweilt waren, entstand ein Anflug von Glück oder Wut oder Hohn bei diesem und jenem Wiedererkennen, bei dieser und jener Erinnerung aus der Räuberwelt, die jetzt ohne sie neben den Schienen keuchte. Es gab auch Traurige, Rastlose, ganz Verstummte. Es gab manchmal Gebete, manchmal Reueausbrüche. Jan versuchte, diesen und jenen anzureden, herauszufinden, wodurch der eine versteinert war, der andere verwildert. Noch immer war er im Innern des Glaubens, was er erlebe, könne nicht endgültig sein. Das Recht sei vielleicht schon durchgedrungen, während er fuhr in diesem Gefängnis auf Rädern. Was war schon ein Kalam? Der hatte ihm daheim weh tun können. Daheim, als er noch geglaubt hatte, der Fall Viktor Gasko sei der einzige Unrechtsfall in seiner Welt. Nur zufällig, glaubte er, war sein Schicksal auf kurze Zeit einem Kalam anheim gegeben. In Wahrheit war Kalam ein böser Greis, gescheit und machtgierig.

Machtgierig war auch der Wächter, dem ihr Transport eine Zeitlang unterstand. Er hielt Jans klaren Blick für Frechheit, und er hielt es für Aufsässigkeit, daß Jan nachts seinem Nachbarn zusprach, der von Weinen geschüttelt wurde. Er war kein böser Greis, dieser Wächter, er war hübsch und jung; er übersprang Jan bei der Essenausgabe. »Dein Freund wird mit dir teilen.« Doch dieser Freund, der nachts für den Trost dankbar gewesen war, hätte am Tag ebensowenig seine Ration mit Jan geteilt wie seinen Finger. –

Jans Stolz wurde erst wahrhaft auf die Probe gestellt bei der Ankunft im Lager. Der Kommandant, dem er vorgeführt wurde, ein großer, aufrechter Mensch mit blitzenden Augen, musterte ihn von oben bis unten mit kalter Neugier. Dann sagte er vor Verachtung heiser: »Du Lump, du«, und er fügte hinzu, als er sich etwas gefaßt hatte: »Sogar diese Diebe da sind mehr wert als du, denn aus ihrer Lage, aus ihrer Umgebung, aus der Vergangenheit sind sie geworden, was sie jetzt sind, und du, du hast unseren Staat zerrütten wollen, der alles dransetzt, damit niemand mehr verkommt, verdirbt –.«

Jan spürte, der glaubt ja fest, wie hätte er's auch nicht glauben sollen, was in meinen Papieren steht. Und darin stand, daß er, Jan, ein tückischer Mensch sei, der das Recht, das ihm anvertraut worden war, hatte drehen wollen, Saboteure schützen, Verräter freisprechen.

Als Jan erregt dazwischen rief: »Das stimmt alles nicht!«, schrie ihn der Lagerkommandant an: »Laß deine Faxen! Deine Art Unschuld sind wir gewohnt.« –

Trotzdem, wenn unversehens die Tür der Baracke, in der er jetzt lag, geöffnet wurde, durchzuckte ihn jedesmal die Hoffnung: Es ist soweit, sie holen mich heim. Ich bin frei.

Statt dessen wurde sein Lagerleben fast unerträglich. Es drang bei seinen Mitgefangenen durch, daß Jan von Beruf Richter gewesen war. Er hätte sie sicher alle recht gern verurteilt, bis er selbst in die Falle geraten war. Jetzt rächten sie sich an Jan, jede Stunde auf andere Art: Wenn er Essen fassen mußte, stellten sie ihm ein Bein, und auch die Traurigen, die Stummen spürten Befriedigung, denn schließlich war an jedem Gram ein Richter schuld. Warum nicht gerade dieser da in ihrer eigenen Baracke?

Er wäre vielleicht ganz verzweifelt, wenn nicht gerade in dieser Zeit ein Brief seiner Frau Marie gekommen wäre. Sie schrieb ihm, und er spürte ihre feste, kühle Hand und ihren ruhigen Blick, die ganze Familie sei wohl. Sie seien alle aufs Land gezogen, mit den Kindern und seiner Mutter. Sie sei der Meinung, er käme bald gesund zurück.

Das waren die Worte, die ihr der junge Polizist beim Abschied zugeflüstert hatte. Ich muß gesund bleiben, nahm er sich vor. Er sah ihre glänzendnassen Augen, die sie sofort, aus Stolz, nach Kinderart, mit den Fäusten trocken wischte.

Sie legten eine Autobahn an, in beträchtlicher Höhe, um eine schwer zugängliche Kuppe. Ein Aufseher tobte sich aus mit Befehlen – sie zu befolgen, fehlte es Jan an Kraft. Und ein anderer Aufseher, der mit allerlei Leuten schonungsvoll umging, die hier ihre Strafen verbüßten, und alles nur mögliche tat, um durch gute Rapporte ihre Strafzeit zu verkürzen, sagte Jan auf den Kopf zu:

»Du aber, du bist hier zu Recht.« Er war von dem Kommandanten ins Bild gesetzt worden, er ließ es Jan merken.

Jan fühlte den Anbeginn einer Versteinerung, vor der es ihm beim Transport gegraut hatte, wenn er sie an anderen gewahrte.

Einmal, an einem kühlen, nur mittags etwas sonnigen Herbsttag, als er klopfte und klopfte in einer mitleidslosen, kahlen, steinigen Luft, hörte er aus der Ferne ein Lied. Das Lied brach ab, als sei der Sänger schroff unterbrochen worden. Doch bald darauf, sogar etwas näher als vorher, erschallte es wieder, diesmal war es ein spanisches Lied. Jan dachte sofort: Das ist Andreas. Und er horchte, und durch die klare Luft ertönte ein neues Lied. Es war ein Negerlied. Dann kam ein Lied aus der eigenen Heimat. Ein kurzes, frohes Liebeslied. Jans Hammer stockte. Sein Inneres war weich geworden. Nicht nach und nach, sondern plötzlich war die Kruste gesprungen.

Der befehlswilde Aufseher sprang heran und brüllte, und Jan hob den Hammer, den er vergessen hatte, er klopfte beinahe gelassen. Bald stellte er fest, daß Andreas nicht mehr zu hören war. Vielleicht war sein Trupp schon hinter die Kuppe gerückt.

Am nächsten Tag gelang es Jan, in Berührung mit den letzten des vorderen Trupps zu kommen. Er fragte nach dem Sänger. »Ja, der ist bei uns, ein Glück!«

Da Jan, durch seine Freude beruhigt, auch ruhigere Worte fand, gelang es ihm, sich unter seinen Gefährten Gehör zu verschaffen. Ohne ein Echo von Hohn und Verächtlichkeit. Er tauschte den Arbeitsplatz, so daß er schließlich bei der Werkzeugabgabe kurz mit Andreas zusammenkam. Der schrie bei seinem Anblick vor Freude auf. Sie umarmten sich. Andreas zerrte noch einen heran, er sagte: »Der ist ein guter Genosse, Gerson ist hier wie wir.«

»Warum aber sind wir hier?« fragte Jan.

Andreas lachte: »Auf jeden Fall sind wir unschuldig hier.« Als die Werkzeugabgabe beendet war, sagte Andreas noch schnell: »Als die Partei verboten war, war mein Vater eingesperrt unter allen möglichen Gaunern. Da haben sich denn auch schnell ein paar Genossen gefunden. Solche wie wir drei.«

Sie kamen noch ein paarmal zusammen. Als Jan eines Abends aus der Nachbarbaracke von einem Gefangenen aufgesucht wurde, »Andreas hat mich zu dir geschickt«, da spürte Jan das Zusammengehörigkeitsgefühl, das ihm fast verlorengegangen war.

Der Trupp, zu dem Andreas gehörte, verließ bald die Kuppe. Sie wurden an einen anderen Ort zur Arbeit geschickt. –

Im Winter kam Jan durch einen Steinrutsch zu Schaden. Der Krankenpfleger im Lazarett erfüllte genau und trocken, was er für seine Pflicht hielt. Er hatte geschickte Hände, so daß er Jan zuerst beim Verbinden mitleidig vorkam. Trotzdem, seine Geschicklichkeit war, wie sich bald zeigte, ganz mitleidslos. Echt mitleidig war der Nachtpfleger, der ihn ablöste. Er war aber schwerfällig. Es war eine Qual, von ihm verbunden zu werden. Sein Herz war erregt, er glaubte nicht an Jans Schuld. Er sagte, er sehe den Kranken die Wahrheit an, auf Papiere gebe er nichts.

Jan war ganz zufrieden, wenn ihm der trockene, aber geschickte Pfleger Verbände anlegte. Doch wenn er still lag, war er glücklich, wenn sich der andere über ihn beugte. Dem Arzt der ersten Tage, einem älteren, von Natur aus grämlichen Menschen, war die Verdrossenheit anzumerken, daß er in dieser Umgebung Arzt sein mußte. Aus einem Grunde, den Jan nicht erfuhr. Freiwillig sicher nicht, dachte Jan. Der hatte sich noch nicht abgewöhnt, über das Schicksal der Menschen nachzudenken, mit denen er in Berührung kam. Vielleicht hat er dienstlich was angestellt, denn oft riecht er nach Schnaps. Sein Vertreter, mit einem jungen Gesicht, war glattgeschoren, sein Kopf war ein Kegel. Aus seinen scharfen, genauen Augen blitzte oft ein bestimmter Gedanke auf. Zuerst glaubte Jan, daß dieser Gedanke sich auf die Krankheit beziehe, doch merkte er bald, daß der Arzt die Lebensgeschichte jedes Patienten kannte. Er sagte beiläufig zu Jan: »Sie waren von Beruf Untersuchungsrichter?«

Jan sagte: »Ja, und ich liebte meinen Beruf.«

»Warum?«

»Weil dieser Beruf, wenn man ihn ernst nimmt,

besonders stark mit etwas verbunden ist, was das Leben zum Menschenleben macht.«

»Und zwar womit?«

»Mit Gerechtigkeit.«

»Warum sind Sie dann hier?«

»Bestimmt nicht, weil ich ein Unrecht tat, wahrscheinlich, weil ich es nicht tat.«

Bald kam der mürrische Arzt zurück, verdüstert von einem ihm nicht durch eigene Schuld widerfahrenen Mißgeschick, das er für Unrecht hielt. Er wurde bald abgelöst von einem pfiffigen Arzt, der sich etwas Sonderbares von dieser Stelle versprochen hatte. Vielleicht Geständnisse von Verbrechen, vielleicht die wildesten Seltsamkeiten.

Jan erlebte noch etliche Ärzte und Krankenpfleger. Seine Knochenbrüche verheilten nur langsam. Ein Krankenpfleger knurrte über einen neuen Patienten, der sinnlos viel Arbeit mache. »Den muß man noch extra bewachen, der gehört ins Irrenhaus, der will gar nicht geheilt sein. Der kommt immer auf neue Tricks, damit ihm die Schiene verrutscht.«

»Was hat er denn«, fragte Jan. Der Pfleger erzählte in verächtlichem Ton, die der Mühe galt, die ein solches Betragen für andere Menschen zur Folge hatte, der Gefangene sei eingeliefert mit Knochenbrüchen, denn er sei absichtlich beim Straßenbau über die Warnlinie weggesprungen, dann sei er die abschüssige Stelle hinuntergestürzt, aber leider nicht endgültig. Er sei an irgendeinem

Wurz hängengeblieben, zerschunden und zerbrochen genug, und lebend genug, um anderen die Nächte zu versauen.

»Ich möchte mal wissen« knurrte der Pfleger, »warum man so was noch wunder wie pflegt. Er hat was ausgefressen, darum ist er hier. Wenn er das nicht verdauen kann, dann kann ihm niemand helfen.«

In dieser Woche hatte Jan seine ersten Gehversuche gemacht. Er fühlte sich, ohne noch recht den Grund zu wissen, furchtbar angezogen von dem Gefangenen, der seinem Leben ein Ende machen wollte; er humpelte nachts in seine Nähe. Mit einem Blick erkannte er das indianerhafte Profil des Viktor Gasko. Gasko regte sich nicht. Er schien zu schlafen, und wieder verschaffte er ihm, Jan, eine schlaflose Nacht.

Am nächsten Nachmittag – der Krankentag war sehr früh zu Ende – waren die Patienten minutenlang sich selbst überlassen. Jan drang zu Gaskos Lager vor. Ein Schatten, der vormals nur die Augenhöhlen ausgefüllt hatte, reichte von den Brauen bis zum Mund. Jan sagte sich, der Tod hat willkürlich eingehalten, wenn er noch vorrückt auf Gaskos Gesicht, wird er seinen Mund verschließen für immer. Er fragte leise: »Erkennst du mich?«

Ohne den Kopf zu drehen, sah Gasko ihn an aus den Augenwinkeln. Seine Augen blieben blicklos; nicht nur, daß ihm jeder Anblick gleichgültig war, er hatte nichts mehr zu tun mit den

Bildern, die an ihm vorüberstrichen. Und dieser Eindruck verstärkte sich noch und machte Jan zittern, als Viktor Gasko tonlos sagte: »Ja«, ohne die Lippen zu bewegen.

Jan streckte die Hand aus, um ihn zu berühren, er fragte: »Was ist mit dir geschehen?«

Jetzt sagte Gasko deutlich: »Lassen Sie mich in Ruh!« Und er fügte hinzu mit einem spürbaren Ton, wenn auch der Ton böse war: »Tun Sie sofort Ihre Hand weg.«

Jan zog seine Hand zurück, er fuhr aber fort: »Wieso du im Lager bist, das weiß ich. Ich tat, was ich konnte, damit es nicht geschehe. Was du aber jetzt hier getan hast, gerade du, versteh ich nicht.«

Viktor Gasko drehte den Kopf um Millimeter gegen die Wand. Er sagte mühsam: »Gehen Sie weg. Ihr habt mich zugrunde richten wollen, laßt mich auch endlich zugrunde gehen. Gehen Sie weg. Weg. Weg.«

»Nein«, sagte Jan. Und er spürte, daß Viktor Gasko unmerklich aus seiner Stumpfheit erwachte. »Ich muß mit dir sprechen. Ich will, daß du lebst.«

Ob Gasko betäubt war oder nachdachte, war ihm nicht anzumerken. Er fing plötzlich an, mit einer nur durch äußere Schwäche gedämpften Wildheit, die Jan an vergangene Tage erinnerte, als er Untersuchungsrichter gewesen war und Gasko, als Angeklagter, ihm vorgeführt wurde: »Es ist euch also gelungen, unsere Idee ganz zu verhunzen, endgültig –.«

»Wer, ihr?« unterbrach ihn Jan.

»Ihr. Ihr. Natürlich auch Sie. Denn daß Sie hier sind, ist nur ein Zufall. Sie haben versucht, wie viele andere, Ihren Platz an der Sonne nicht zu verlieren. Und da man aufs Geratewohl diesen und jenen gegriffen hat und eingesperrt, ist einmal die Wahl zufällig auf dich gefallen –.«

»So zufällig nicht«, erwiderte Jan, »nicht ganz aufs Geratewohl. Denn ich bin hier, weil ich auf deiner Unschuld bestand.«

»Du?« sagte Viktor höhnisch. Er lag eine Weile stumm mit gerunzelter Stirn. Doch Jan spürte, wie er zu zweifeln begann, anstatt zu verzweifeln, als schmelze unmerklich der tödliche Schatten in seinem Gesicht.

»Du mußt doch gemerkt haben«, sagte Jan, »daß ein anderer an meine Stelle trat.«

Viktor Gasko erwiderte: »Ich war der Meinung, du hast meinen Fall reif gemacht für den nächsten, der mich fertigmachte zur Anklage.«

»Nein«, sagte Jan. »Man nahm mir plötzlich deinen Fall weg, weil ich keinen Schuldbeweis fand und darauf bestand, den Zeugen selbst zu vernehmen, von dem mir nur eine schriftliche Aussage vorlag.«

Gasko fuhr hastig fort, zerfetzte Schatten strichen ihm übers Gesicht: »Warum hat der mich beschuldigt? Wer hat ihn dazu gezwungen? Wen hat man gezwungen, diesen zu zwingen?«

»Das weiß ich nicht«, sagte Jan.

»Und du, du behauptest, dich hat man nicht

zwingen können? Gerade dich nicht?« Er drehte zum erstenmal scharf den Kopf, und er schrie leise vor Schmerz.

»Nein«, sagte Jan. »Mich nicht.«

In diesem Augenblick gab der Kranke dicht bei der Tür an der Korridorwand das vereinbarte Zeichen: Der Pfleger kommt.

Im Einschlafen fiel Jan der Kalam ein. Wie der ihm beteuert hatte, Gasko sei zweifellos schuldig. Auch Kalams Gast fiel ihm ein, auf dem Stuhl im Dunkeln. Und wie er an den Schreibtisch gerückt war, als Jan das Zimmer verließ. Er sah das Gesicht des Fremden vor sich. Glatt und ausdruckslos. Er wußte nicht, ob es Erinnerung war oder Traum, der Mund dieses Fremden kam ihm rot vor, deutlich in dem blassen Gesicht, so rot wie ein großer Frauenmund.

Am folgenden Tag war Jan zerquält und zerrüttet. Er suchte Gasko auf in der nächsten Nacht. Der hatte ihn diesmal gespannt erwartet. In seinen Augen war Helligkeit. Der Schatten lag nur noch in den Augenhöhlen, da lag er noch. Und seine Stirn und sein Mund waren weiß. Er fing gleich an: »Gewiß, als du nein gesagt hast, war gleich ein anderer da für dich, was sag ich, hundert andere wären bereit gewesen. Nun sag mir, du warst es ja, der mich gestern gefragt hat, warum ich so etwas hier tat, lohnt es sich noch zu leben? In Spanien, als wir verlassen waren, auf Francos Seite zurückgeblieben, und wir hörten einen von Mauren zerstochenen Brigadier ›Mutter‹ schreien, da hab ich nicht vergessen, wofür sich das Leben lohnt. Und als unsere Sache verloren war, da hab ich's auch gewußt, erst recht, und in den furchtbaren Tagen im Krieg. Erst recht. Und dann, dann kam, wie heißt es, die Verwirklichung unseres Traumes, und nicht nur unseres, uralter Menschenträume. Und dann geschieht uns, was wir erlebten, man sperrt uns ein mit Räubern und Dieben. Wer? Warum? Und bei dem Befehl, uns einzusperren, gehorcht der Nächsthohe dem Höhern. Ich hab geglaubt, du gehorchst dem Kalam, denn du warst ihm ja mal ganz ergeben. Du hast ihm nicht gehorcht. Gut. Dann sag mir, bist du nicht verzweifelt, du? Warum nicht?«

»Vielleicht«, sagte Jan, »weil ich ihm nicht gehorchte. Ich kann es dir nicht genau erklären. So schnell nicht. Du sprichst von unserer Idee. Wovon sprichst du? Von einem einzelnen Mann? In einem einzelnen Mann hab ich mich bös geirrt. Ich tät ihm einen Gefallen, wenn ich deshalb verzweifeln würde.«

Er fügte hinzu, was Adreas zu ihm gesagt hatte: »Wir hier, wir sind im Recht. Es ist eine Bürgschaft, daß es uns gibt.«

Gasko zuckte die Achseln. Diese Bewegung machte ihm solchen Schmerz, daß er stöhnte.

Sie kamen noch zwei- oder dreimal zusammen. Das Licht in Gaskos Augen entstand nicht erst, wenn Jan auf ihn einzureden begann.

Dann aber wurde Jan überraschend, da sich sein

Zustand gebessert hatte, in eine andere Baracke gelegt. Wie er sich auch mühte, es gelang ihm nicht mehr, mit Gasko in Verbindung zu kommen. Jetzt fiel ihm erst alles ein, was er versäumt hatte, dem Freund zu sagen. Die ausgesprochenen Worte, die er sich selbst wiederholte, kamen ihm hinterher schwächlich und läppisch vor. Würden sie ausreichen? Für welche Zeit? Über Nacht? Für Jahre? Für immer? Bei diesem Gedanken wurde ihm kalt vor Schreck.

Im Dunkeln fand er noch einmal eindringliche Worte, die ebenso Gasko galten wie ihm selbst. Er erwiderte dem entrückten Freund, was er ihm hätte erwidern können. Bald sah er, wie Gaskos fahles Gesicht in einem untilgbaren Todesschatten versank, selbst die starken, zornigen Brauen versanken. Bald sah er, wie diese Brauen sich bäumten, so zornig wie ehemals in den sinnlosen Verhören, die Stirn blieb weiß und frei, der Mund blieb hart. Dann sagte Gasko schroff und böse: Du hast auf den Kalàm geschworen, weil er angeblich selbst mal viel durchgemacht hat. Du hättest längst stutzig werden sollen – – Warum? – Mich hast du gekannt, ihn nicht.

Jan spürte, daß Viktor Gasko die Hand zurückzog, enttäuscht, ja verächtlich; dann spürte er wieder, Viktor faßt nach seinem Arm, um ihn zu zwingen, bei ihm zu bleiben. Jan faßte aber den eigenen Arm – neben ihm schnaufte ein Fremder.

Er spürt, daß ich hier bin, er muß es spüren, sagte sich Jan. Wenn sein Herz ihm weh tat im

Einschlafen, weil Viktors Gesicht im Dunkeln lag, tauchte fast immer in seinem Traum der weibisch rote Mund in dem bebrillten Gesicht des Mannes auf, der, so kam es ihm vor, seit langem stumm ihrem Gespräch gefolgt war. Der redete dann auf Kalam ein. Kalam nickte, und Jan dachte: Jetzt ist es beschlossen, daß ich hier lande. Er wußte, daß er bereits im Lager war, und gleichzeitig sah er zu, wie Kalam aufhorchte, nickte.

Er war bald ganz geheilt. Er wurde auf Arbeit geschickt, wie vorher. Von Viktor Gasko hörte er nichts mehr, wie er sich auch darum bemühte. Doch einige Jahre später, in Freiheit, saßen sie ruhig zusammen. Jans Mutter hatte mit Marie den Tisch bereitet. Jan sagte: »Manchmal hab ich gespürt, wie ihr hier auf uns wartet, das hat mir geholfen wiederzukommen.«

»Das dachte ich jeden Abend«, sagte Viktor, »wir müssen kommen, wir sind im Recht.«

»Das zu denken immerfort war gar nicht so leicht«, sagte Jan, und er dachte an den Abend, an dem Viktor völlig verzweifelt war – ihm schien es, der Freund hätte diesen Abend bereits vergessen.

(Doch irgendwie war es richtig, was Viktor sagte. Sie waren fest geblieben für sich und für alle, wenn sie dafür auch nicht gefeiert wurden, es blieb ein Sieg, ein ungefeierter, wenn man von dem Mahl absah, das ihnen Jans Mutter bereitet hatte.)

Die Heimkehr des verlorenen Volkes

Einstmals hatte das Volk den Urwald durchdrungen. Seine Kundschafter hatten dem Häuptling berichtet: nicht bloß gerodetes Land gäbe es hinter dem Wald, sondern auch zahlreiche Wohnstätten, unbeschreibliche, sonderbare. Aus der Erde des fremden Volkes wachse nicht nur üppig das Gras an vielen Stellen, sondern auch Mais und allerlei genießbare Pflanzen, es gäbe dort Lagunen mit Salz, es gäbe dort allerlei Frucht und Getier, wie sie selbst es nur im Durchziehen erblickt hätten, auf Jagden und Beutezügen. Sie hatten dann manchmal davon etwas ergattert und gekostet und verteilt, wenn ihre eigne Jagdbeute allzu gering gewesen wäre und ihr eignes Volk in Gefahr, einer gräßlichen Krankheit zu erliegen. Das war zwei- oder dreimal nach ihrem Gedächtnis der Fall gewesen. Die Sonne hatte sich, erbittert über die Bosheit einzelner Söhne, von ihrem ewigen Wohnsitz hinter graue, kalte Schauer zurückgezogen. Erst als solche bösen Söhne, mit ihnen freilich ein Teil des Volkes und auch viele Jagdtiere, gestorben waren, hatte sich die Sonne wieder besänftigt und alles Lebende angeglüht.

Diese verwegenen Kundschafter also, die zuerst den Urwald durchdrungen hatten, berichteten, das fremde Volk jenseits des Waldes auf dem bebauten Land sei nur ein Völkchen, schwächlich, klein von Wuchs, gar leicht besiegbar. Es wohne satt, umgeben von Kornfruchterde, ohne sich von der Stelle zu rühren, fest, fest, fest.

Mitten in seinem Land erhebe sich ein Bauwerk, turmartig, mit vielen Stufen, um zu den Göttern zu steigen, seine Spitze ende im Himmel.

Der Häuptling fragte die Priester, die Priester fragten die Götter. Ihr Ratschluß war klar: den Kundschaftern nach, und das fremde schwächliche Völkchen vertreiben, und dann einziehen in seine fertigen Wohnstätten und auch in seinen Himmel steigen auf den Tempelstufen.

Fast so rasch, wie die Götter geantwortet hatten, war ihr Ratschluß befolgt. Aus dem Wald heraus, den das Völkchen für einen undurchdringlichen Schutzwall gehalten hatte, brach das neue, das gierige Volk hervor. Es hatte, gewohnt an Jagden und Kriegszüge, viel mehr, viel sicherere Pfeile als die sanften, gemächlichen, an Ruh und Frieden gewohnten Seßhaften. Es sickerte rot aus der Erde und auch aus den Brunnen.

Und als das feste, das schwächliche Völkchen getötet oder vertrieben war, als man seine hohe, den Göttern erbaute Festung erklommen hatte und geopfert von dem unnützen Fleisch der Gefangenen – damals wußte man noch nichts von Sklaven und ihrer nützlichen Arbeit –, rief man die eigenen Leute zusammen mit Botschaftern und Trommeln, um das eroberte Land und Gut zu teilen und zu genießen.

Man aß vom gemachten Tisch. Man baute sich Hütten aus Ziegeln nach dem Muster der Hütten, die man zum Teil zerstört hatte. Bald heilte die niedergestampfte Erde. Mais gedieh. Das landgierige, siegreiche Volk lernte aus allem, was es vorfand. Es wurde ebenso seßhaft, wie das besiegte gewesen war. Und die Priester beschlossen, den Göttern des Landes noch stolzere Festungen zu bauen, hohe Pyramiden, denn diese Götter, denen das Land nun einmal gehörte, waren gute Götter, wenn sie sich überzeugt hatten, man gehe mit ihrem Land gut um.

Schon waren viele Kinder aufgewachsen. Sie erfuhren nach und nach, daß sie auf einer Halbinsel wohnten. Der Rest des besiegten Volkes war nicht völlig vertilgt, er war, auf der Spitze der Halbinsel seßhaft, arg zusammengedrängt.

Aber die jungen, die siegreichen Ansiedler dehnten sich froh nach beiden Ufern. Die Frauen sangen: Hier Meer, dort Meer, hinter uns Wald, über uns Himmel, cho, cho! –

Als dem Häuptling berichtet wurde, wirklich, auf der seitlichen Spitze der Halbinsel gäbe es einen Rest Fremder, fragte er seine Priester, ob er den Rest ins Meer jagen könne. Aber die Priester sagten: »Nein.« Die Priester befahlen, einige Kundschafter auszuschicken. Diese kamen zurück mit Nachrichten von den Priestern der andren. Die Götter warnten mit ausgestreckten Strahlenarmen. Bald tauschten die Priester beider Seiten Nachrichten aus, in Rinde geritzt oder in weiche Steine. Nicht einmal der Häuptling konnte dergleichen entziffern, geschweige ein einfacher Mann.

Die Priester bauten sich Wandelgänge im Schatten der Pyramiden, wie es ihnen die Priester des Restvolkes auf der Spitze der Halbinsel vorgemacht hatten. Sie nahmen einzelne Knaben, kluge, schönäugige, makellose, die als heilig befunden waren, in ihren Schutz und in ihre Lehre. Sie brachten ihnen mancherart Zeichen bei, die die Knaben dann in die Sockel der Pyramiden und auch in die Hofmauern ritzten. Sie brachten ihnen bei, die Tageszeiten von den wandernden Schatten abzulesen. Sie brachten ihnen auch den Ablauf der Jahreszeiten bei, die festen und beweglichen Sterne. Sie lehrten sie alle Künste, die sie selbst von den Priestern des anderen Volkes gelernt hatten.

Die heiligen Knaben zeichneten, ritzten und kneteten Sonne und Mond, Männer und Vögel, Pfeile und Jagden, die ganze erdachte Welt. Sie ahmten auch nach, was die Besiegten bereits erfunden hatten: Zahlenzeichen und Zeichen für Dürre und Regen, für Ebbe und Flut.

Nach einer gewissen Zeit war kein Unterschied mehr zwischen Besiegten und Siegern. Die Nachrichten wurden nicht mehr nachts im geheimen von heiligen Knaben geschickt. Alles war zusammengeschmolzen. Die Halbinsel hatte für alle Raum.

Das Leben aller war glücklich geworden, und auch der Tod war glücklich, denn hinterher fing ein Dasein in sieben verschiedenen Himmeln an. Der Wald schützte alle vorm Festland, mit der Steppe hinter dem Wald gab es einen doppelten Schutz.

Das ganze Volk aß und trank, soviel es wollte. Es gab Mais genug. Es gab Kakao, es gab süßes Wasser, es gab Salz. Man bereitete Branntwein aus dem Saft der fleischigen Kakteen. Es gab allerlei Feste. Die Priester waren so klug, sie wußten so gut über die Absicht des Himmels Bescheid, daß sie richtige Ratschläge gaben, um zu säen und zu ernten, um Brunnen zu graben.

Der Häuptling war gerecht. Zu seiner Ehre erjagten die Jäger seltene Vögel mit goldenen und grünen Federn.

Die Frauen verstanden sich aufs Spinnen und Weben. Bei der Arbeit sangen sie viele Lieder. Sie sangen zum Beispiel das Lied: Unsre Tochter vor dem Fest fegte alle Stufen unsrer Pyramide. / Und in ihrem Rock, unsrer Tochter Rock, blieb die grüne Feder hängen. / Unsre Tochter, die gebar dann Zwillinge – / Götterzwillinge, Morgenstern und Abendstern. / Alle Stufen unsrer Pyramide fegte unsre Tochter vor dem Fest. / Eine grüne Feder blieb in ihrem Rock. –

Sie buken Maisfladen. In Booten aus leichtem Holz begleiteten sie die Männer beim Fischen.

Schön und geschmeidig waren die Frauen, goldbraun. –

Eines Nachts wurde der Häuptling geweckt, und auch an das Priesterhaus wurde gegen alle Sitten mit gewaltigen Faustschlägen geklopft. Kam ein Trupp fassungsloser, vollständig erschöpfter Menschen von der Spitze der Halbinsel. Ihr uralter Priester, den sie mitgeschleppt hatten, lag zuerst besinnungslos auf der Schwelle des Priesterhauses. Die Jungen waren mit dieser Last, die sie abwechselnd getragen hatten, so schnell eingetroffen, daß ihnen der Atem die Brust zu sprengen drohte, bevor sie Worte fanden. Der Häuptling und seine Leute und auch der Priester glaubten, die Ankömmlinge seien von Sinnen. Auch ihre Worte waren sinnlos. Sie stießen hervor, fremde Götter seien über das Meer gekommen. Sie würden schnauben, die fremden Götter, von stinkendem Haß, ihr Haß knalle und rauche, doch niemand verstünde, was ihren Haß erregt hätte.

Es sei ein entsetzlicher Haß, durch nichts zu besänftigen. Ein gotteslästerliches, ein unglaubliches Verbrechen müsse im Volk geschehen sein. Nur, sie wüßten nicht, wer es begangen haben könnte. Plötzlich, unangekündigt, seien die Fremden, die haßerfüllten Götter, auf die Halbinselspitze gekommen. Was ihre Pfeile traf, sei verloren, und diese Pfeile schossen tausendmal weiter als die eigenen Pfeile, beim Abschuß bebe die Luft in einem unnachahmbaren Schrei, grausiger als ein Todesschrei, und der stinkende Haß rauche auf. Sie seien durch nichts zu besänftigen, die gnadenlosen fremden Götter, was zu fressen sei, das verschluckten sie. Sie packten gnadenlos die frisch geweihten Mädchen. Was brennbar sei, stehe in Flammen.

Niemand glaubte zuerst diesen wahnsinnigen Worten. Als man auf die Spitze der höchsten Pyramide stieg, sah man Feuer lodern in der Ferne. Da gab der Häuptling den Befehl, aufzuladen, was man nur schleppen könne an Waffen, an Salz, an Schmuck, an Kleidern, an Korn. Sie sollten sich gegen den Urwald zurückziehen, um dort mit Gebeten zu warten, bis sich die fremden Götter gesättigt und besänftigt hätten und ihre eigenen Götter herunterstiegen. Sie zogen in der zweiten Nachthälfte ab, verstört, aber gehorsam. Einige Kundschafter wurden zurückgelassen.

Sie hatten die Waldgrenze noch nicht erreicht, da wurden sie eingeholt. Der jüngste und rascheste Kundschafter fiel erschöpft auf den Boden. Dann riß er sich zusammen. Die Fremden seien bereits über den eigenen Wohnstätten, sie kletterten ungehindert die Tempel hinauf, und auch von den Spitzen der Pyramiden, vom Himmel herunter, kämen welche, stumm hätten sich alle eigenen Götter zurückgezogen.

Der Häuptling beriet sich mit den Priestern, welche Schuld, geheim oder offen, im Spiel sein könne, die das alles nachzog. Doch der Häuptling war sich keiner bewußt, und auch die Priester kannten keine. Sie drangen tief in den Wald ein. Auf der Rast weinten die Frauen: Gestern war hier Meer, war dort Meer, hinter uns war Wald, über uns war Himmel, cho, cho!

Wurzeln drehten sich aus der Erde heraus um ihre schmalen Leiber. Es war finster im Wald. Ihre Kleider zerrissen und ihre Haut und ihr Haar. Zornige Vögel schrien. Viele Kinder starben.

Der Häuptling schickte abermals Kundschafter aus. Die kamen so bestürzt wieder, so fassungslos, wie die ersten Unglücksboten nachts gekommen waren. Ihre Heimstätten brannten. Ein Knabe, der nicht mit den anderen geflohen war, auf seine Heiligkeit bauend, werde lebendig geröstet, man frage ihn fortwährend aus, wo dies und das versteckt worden sei, der Knabe erwidere immerzu, so etwas Goldfarbiges gäbe es hier nur in den Federn einiger Vögel; inzwischen wäre er sicher tot, der Knabe. Es könne nicht lange mehr dauern, dann kämen diese blindwütigen Götter ihnen nach in den Wald in ihrer unvorstellbaren Gier.

Der Häuptling besprach sich mit dem ältesten Priester, den man in der ersten Nacht niedergelegt hatte auf der Schwelle des Priesterhauses. Auch in den Wald hinein hatten ihn einige Knaben abwechselnd mitgeschleppt. Dieser älteste Priester sagte: »Es sind vielleicht gar keine Götter. Es ist vielleicht ein böses Volk.«

Der Häuptling sagte: »Woher soll es gekommen sein? Es gab nur das Meer um uns herum.«

»Es gab vielleicht auf dem Meer eine Insel, und ihre Schiffe sind schneller als unsere. Geht aus dem Wald auf die Steppe. Sie kommen uns nach.«

Der Priester verstarb nach diesem Ratschluß. Der Häuptling gehorchte. Sie stießen vor durch den Wald, langsam, beharrlich.

Als er sich lichtete, waren sie froh. Sie ruhten sich unter den Sternen aus. Das Gras war spröde. Keiner wußte mehr, daß sie hier schon einmal gelagert hatten, bevor sie die Halbinsel einnahmen. Und ihre Sinne waren so wirr und trüb. Ein unfaßbarer Schreck lag hinter ihnen.

Auf Geheiß des Häuptlings wagten sich einige Männer zurück in den Wald, nicht zur Erkundung, sondern zur Jagd. Denn der Hunger war beißend geworden. Sie wagten kein Feuer anzuzünden. Einige saugten rohes Fleisch aus, das die Jäger brachten, andre verschlangen ihre Happen. Schließlich kam der letzte Jäger. Der war angstvoll erwartet worden; denn er hatte die Jagd zur Kundschaft benutzt. Der Feind, er nannte die Fremden nicht mehr Götter, sei ihnen bereits auf der Spur. Er, der Kundschafter, hätte selbst das Getös der Pfeile gehört. Die Luft sei ständig geplatzt vor Entsetzen. In den Wald sei ein Bündel Blitze geschleudert worden. Wo das Holz nicht hart genug war, hätte das Feuer sich eingefressen.

Der Häuptling befahl den Aufbruch. Sie zogen in die Steppe hinein. Ihre Vorväter hatten vielleicht einmal hier gelagert. Jetzt war die ganze Steppe erschöpft, spurenlos, kahl und fahl.

Und der Sonnenuntergang nahm kein Ende. Als die Sterne schon hochgezogen waren, brannte der Himmel am Rand der Steppe noch immer. War ihnen der Feind zuvorgekommen?

In den folgenden Tagen zogen sie wortlos weiter, in ihren Herzen den Wald, der irgendwo wieder beginnen mußte, um Schutz anflehend, und mit dem Wald seine Götter, die ihnen noch unbekannt waren. Doch falls es den Wald gab, mußten auch seine Götter hören.

Das Land war inzwischen faltig geworden. Sie tranken sich satt an einem Fluß. Hier gab es Geröll, hier gab es gewundenes Wurzelwerk, das sich gegen die Erde bäumte und sie dann heftig durchstieß, um in die Luft zu wachsen mit jungen, ungebärdigen Trieben. Der Häuptling befahl, Brükken zu schlagen, sie gehorchten in fliegender Angst. Nicht alle Brücken, fast alle, hielten stand. Hinter dem gegenüberliegenden Ufer, das nicht alle erreichten, wenn auch ihr größter Teil, begann wahrhaftig der neue Wald. Er begann nicht in einer dunklen Masse wie jener Wald, in dem sie sich zu Beginn ihrer Flucht versteckt hatten; hier wuchs er in einzelnen mächtigen Baumgruppen, bevor er sich zusammendrängte, aus der aufgerissenen Erde. Auf einem entfernten Abhang stand Rauch. Die Kundschafter fanden ein Dorf; sie wühlten sich ein, um Ausschau zu halten. Der Hauptteil der Flüchtlinge verzog sich in den Wald.

Ihre Füße waren längst nicht mehr wundgescheuert, sie waren schon verhärtet. Ihr Gedächtnis war blankgescheuert von der durchflüchteten Zeit, die wie ein Fluß auch Steine abstumpft. Sie dachten nur: Weiter! Weiter! Hinter uns ist der Feind. Neben uns auch. Sie dachten schon lange nicht mehr an Säen und Ernten. Sie klagten nicht mehr über verlorenes Korn.

Nur manchmal, wenn sie im dunstigen Urwald zusammenhockten, sangen die Frauen etwas für ihre Kinder; das Lied klang bitter. Hier war das Meer, dort war das Meer, hinter uns war Wald, über uns Himmel. Alle sangen mit, selbst der Häuptling weinte. Es war allen ein Unglücksglück, noch einmal, wenn auch nur auf Lieddauer, fühlen zu können, was sie gewesen waren.

Es kamen zurückgelassene Kundschafter, die hatten endlich ihr Menschengestimme vernommen in dem Vogelgekrächze, im äffigen Urwaldgeschrei. Als sie sich fassen konnten, berichteten sie, bereits in Flammen stünde das gemiedene Dorf, der Feind sei immer noch hinter ihnen.

Sie drangen noch rascher und tiefer in den Wald. Manche flehten um Rast. Was konnte aber der Häuptling anderes tun, wenn er das Ganze, das Volk, retten mußte, als die Erschöpften sich selbst zu überlassen? Bei diesen blieben einige Priester, halb freiwillig, halb gezwungen durch eigene Kraftlosigkeit.

Ihr Amt übernahmen Knaben, die ihre Schüler gewesen waren. Sie hatten sich auf Zahlen und Bilder verstanden, die Knaben, sie waren einmal schön anzusehen gewesen, mit Federn geschmückt, heilige Zeichen standen noch immer in ihrer Haut, denn die waren nicht auszumerzen. Zur Zeit der Aussaat oder zur Weihe der Töchter und Söhne waren die Knaben von einer Siedlung zur anderen gesprungen, die Rufe aus ihren reinen Kehlen hatten bereits ein Glück bedeutet.

Jetzt, im dampfenden Urwald, versuchten sie in ihrem ungebrochenen Stolz, in ihrer unverletzbaren Reinheit, wenn auch verkrustet und struppig, aus dem Dunkel heraus an die Götter heranzukommen, an die neuen und fremden Götter.

Und es gelang ihnen.

Ihr Gebet, »Laßt uns nicht alle umkommen, sonst verarmt ihr an wahren Söhnen«, wurde oft erhört.

Manche Schlange, statt zuzubeißen, ringelte sich auf ihr Geheiß zusammen in plötzlicher Schläfrigkeit und schloß ihre klugen Augen; der Tiger, der schon sprungbereit gelauert hatte, verzog sich, eingeschüchtert von dem drohenden Flehen.

Aber sie waren durchaus nicht die Stärksten im Zug, diese Knaben, mit all ihrer reinen Macht. Als der gewaltige Regen losbrach, der dann wieder in heißem Dampf auf die Erde zurückschlug, blieb gleich einer der Knaben auf der Strecke, fast unbemerkt, weil er ohnedies meistens schwieg. Ein anderer starb rasch an einem Biß, vielleicht war es ein Rachebiß, weil er selbst schon so oft die Schlangen gehemmt, auch schon manchem aus seinem Volk den giftigen Biß ausgesaugt hatte. Doch der dritte, bevor er an Erschöpfung starb wie der erste, hatte einigen jungen Gefährten verschiedene Anrufungen und Beschwörungen beigebracht, so daß sie, zuerst von seiner Stimme geführt, und als er tot war, aus eigener Kraft, manchmal die Götter erreichten.

Diese jungen, neuartigen Priester, die sich von vornherein an erreichbare, beinah vertraute Götter wandten, rieten von nun an dem neuen Häuptling, alle zusammen rieten dem Volk. Ihre Ratschläge wurden befolgt, weil alle froh waren, daß es Ratgeber gab in dem endlosen Herumgeirre. Sie rieten, vor allem eine Rast einzusetzen, wie groß die Gefahr auch sei, um den toten Häuptling verbrennen zu können, sich auszuweinen. –

Der neue Häuptling hatte mehr Glück als der alte. Insofern als ihn und sein Volk kein neues unerklärliches Unglück traf. Zwar, oft brach ein Tiger in den Zug ein und zerriß, was er zwischen die Zähne bekam, zwar, mehrere Frauen stürzten mit ihren Kindern in glitschige Strömungen ab, wie Kieselsteine wurden die kleinen Kinder über die Felsen gespült, so daß sich das Volk verringerte. –

Nach einem Marsch von Monaten oder von Jahren stieg der Wald einen Bergrücken hinauf und einen herunter und wieder einen hinauf. Über dem Bergkamm, wo der Häuptling eine Rast angeordnet hatte, war klarer Himmel. Sie hatten so lange im Dunst gelebt, in dem verquollenen Urwald, daß sie verlernt hatten, was sie brauchten, um unter dem Himmel zu leben. Die Jahreszeiten waren ihnen verlorengegangen. Und die Bedeutung der Sterne. Und der Wechsel von Sonne und Mond.

Jetzt starrten alle, vor Glück zitternd, den ausgestirnten Himmel an. In einigen regten sich Erinnerungen, viele fingen zu stammeln an, was sie noch wußten. Manche sangen. Eine sehr alte Frau sang plötzlich allein: »Unsre Tochter fegte alle Stufen unsrer Pyramide. / Eine grüne Feder hing in ihrem Rock. / Nach dem großen Fest gebar sie Zwillinge, unsre Tochter, / Götterzwillinge, Abendstern und Morgenstern.«

Dazu wiegten sich alle, und sie sangen: »Hinter uns war Wald. / Neben uns war Meer, hier und dort / cho, cho.«

Sie zogen auf dem Bergkamm weiter. Tief im Land, auch um runde und um schroffe Höhen, war das Urwaldgrün. Doch die Jäger, die zugleich Kundschafter waren, kamen wiederum nicht nur mit Beute zurück, sondern mit Nachrichten. Sie hatten unterwegs Spuren gefunden, die ihren Spuren glichen. Zwar nicht genau, Spuren von Tieren waren es aber auch nicht. Alle horchten in Spannung und Angst. Der Häuptling fragte hundertmal. Die Kundschafter machten die Spuren nach, nein, keine Götter, nein, keine Tiere. Mehr kann man den Spuren nicht ansehen.

Die nächste Nacht war noch nicht zu Ende, da war das Fremde zu spüren. Es knisterte, es schlich sich heran. Mondschatten von Männern lösten sich ab. Auf den Anruf des Häuptlings kam einer heran, ganz schutzlos, ganz hilflos, auf dem Weg, den ihm das Volk freigab. Er warf sich vor den Häuptling. Und wie seine Fußspur, so seine Sprache. Sie war anders als ihre. Nicht zu verstehen. Es war aber eine Menschensprache. Der Häuptling winkte alle fremden Männer zu sich heran. Sie sahen verstört, entkräftet aus. Er bot, seit wer weiß wie langem, zum erstenmal seine Gastfreundschaft an.

Die Fremden, als sie etwas bei Kräften waren, machten allen durch Zeichen verständlich, was sie hergeführt hatte. Nicht allzu weit weg, ja unvermutet, überraschend nah, sah man durch eine Bresche im Wald auf die bepflanzte Ebene. Die Herzen erbebten dem flüchtigen Volk in einem Sturm von Erinnerungen. Die Fremden erzählten, was ihnen geschehen war. Gewiß, manches davon war den Alten des eignen Stammes geschehen, oder sie hatten davon erzählen hören. Nun war es noch einmal da, furchtbar nah, erlebt, nicht erzählt. Drunten in dieser Ebene, aus der die fremden Männer geflohen waren.

Daran erkannten sie, wie groß die Gefahr für ihr Volk war, unter freiem Himmel zu leben. Denn der Feind war längst auch hierhergekommen. Seine Pfeile surrten nicht, sie dröhnten. Seine Häuptlinge flogen auf wilden schnaubenden rot- und schwarzmähnigen Tieren, die stampften alles in den Boden. Was der Feind nicht zerstampfen konnte und nicht zerschießen und nicht zerbrennen, das peitschte er zusammen, erzählten die Fremden mit Zungen und Händen. Sein Brandmal drücke der Feind in die Schultern der Gefangenen. Es sei eine Qual, am Leben zu bleiben.

Der Häuptling verstand jetzt, warum diese Fremden geflohen waren, er erlaubte ihnen, mit seiner Schar zu ziehen. Sie zogen vom Waldsaum ab ins Innere, damit niemand sie einholen konnte. Und der Wald wuchs auf ihren Spuren zusammen, sie wurden unauffindbar.

Bisweilen brachten glückliche Jäger vortreffliche Beute nach einer Zeit von Hunger und Absterben. Dann lebten sie auf. Ihre Herzen schlugen dann weicher, und aus den Herzen heraus entstand ein Schimmer auf ihren verhärteten Gesichtern. Es kam dann auch vor, daß aus ihren Kehlen Töne sprangen, Vergangenes fiel ihnen ein.

Die Jungen, im Zuhören, ahnten, was sie alles versäumt hatten. So stark war das Ahnen, beinah wie Miterleben. Sie tanzten die jemals getanzten Tänze, Tänze zur Ernte, zur Jagd, zur Knabenweihe, zur Mädchenweihe, zur Hochzeit, zum Tod. Freilich, in der Enge, statt zu springen, mußten sie stampfen. Sie machten in ihren Liedern Fischzüge auf zwei Meeren. Von ihrer höchsten

Pyramide stiegen sie schnell in den Himmel, und für die Götter war es ein leichtes Spiel, den Fuß auf die Spitze der Pyramide zu setzen und zu ihnen herunterzusteigen. Ein Gottvogel verlor eine Feder aus seinem Schweif. Und die Frau, die die Stufen fegte, steckte die Feder in den Rock. Darauf gebar sie den Zwillingsgott. Alle lebten in Freude, bis der Feind das Volk in den Urwald jagte. –

Nach zwei Jahren oder nach zwölf oder nach zwanzig war der Urwald plötzlich wieder gelichtet. Nicht von selbst, sondern durch Menschenhand. Er fing bereits langsam wieder an, über der schmalen Rodung zusammenzuwachsen. Sie waren zuerst ganz glücklich über den Lichtblick. Und sie schrien vor Freude beim Anblick der Sonne. Die Männer und Frauen, die zu versteift waren, zu verhärtet, um zu tanzen, wiegten sich hin und her.

Von diesem weichen Fleck, der Lichtung, hätten sie sich nicht trennen mögen, wäre man nicht beim Feueraustreten oder beim Tanzen auf Knochen gestoßen.

Und sie mutmaßten, schließlich und endlich, das könnten Knochen von den Menschen sein, die den Urwald zu roden begonnen hätten. Drei Kundschafter wurden ausgesandt.

Das Volk zog weg von der Lichtung; es war ihm zuwider, auf Toten zu lagern. Sie hatten sich noch nicht weit entfernt, da kamen ihnen zwei Kundschafter nachgehetzt. Die stöhnten: »Der

Wald ist im Norden auf einmal zu Ende. Da ist die Erde bepflanzt. Da liegen Dörfer. Teufelsmänner auf hohen, mähnigen Tieren peitschen herunter auf gebückte, schuftende Menschen; niedere Tiere, pantherhafte, mit glitzernden Augen, sind in all ihren Sprüngen gehorsam den Teufelsmännern, helfen ihnen das Land zu bewachen und die Gebückten, die Schuftenden. Der dritte Kundschafter, ihr Gefährte, sei von einem Wachtier aufgespürt worden und fast in Stücke zerrissen. Dann hätte der Wächter von dem Rükken des hohen Tieres gepfiffen, Hilfswächter seien herbeigerannt, und sie hätten den blutenden dritten Kundschafter in Stricken mitgeschleift in eins der Dörfer.

Wie sie von nahem aussehen würden, die Fremden, die alle derartig quälten?

Die Kundschafter sagten, ihre Haut sei weiß, man sehe aber nur ihre Gesichter, die seien haarig ums Kinn, bösäugig. Auf ihren Leibern würden sie teils bunte Kleider tragen, teils silbrige Schuppen, keine Bogen würden sie tragen. In ihren Gürteln steckten sowohl Peitschen wie einzelne Pfeile, die sie ohne Bogen abschossen.

Nach diesem Bericht nahm das Volk sein Schicksal abermals und endgültig auf sich. Der Häuptlingsbefehl war gar nicht nötig. Es verzog sich in den innersten Urwald, und es lebte von nun an, auf jede Lichtung verzichtend, in dem grünen Walddampf wie ein Mückenschwarm. Die Wurzeln, die sich in die Erde krallten und wieder herauswuchsen und sich um die Bäume krallten, krallten sich um das ganze Volk, so daß es gefangen war, eingesperrt. Es war zugleich frei und gefangen. Es war viel besser, vom Urwald gefangen zu sein, es war viel besser, von Tigern zerrissen zu werden, es war viel besser, von Schlangen gebissen zu werden als blutiggeschlagen, gefesselt, gebrandmarkt von den ruchlosen Fremden.

Manchmal, aber wer hätte sagen können, ob »manchmal« in einem Jahr oder in einem Leben steckte, rastete der Zug in einer Lichtung, die ihm verlockend vorkam, weil sie ein Dach aus Astgeflecht bot und einen ungewohnt weiten, wasserdurchrieselten, schimmernden Raum. Und sie ließen sich nieder, fühlten sich sicher. Während die Jäger auszogen, fingen sie an, Hütten aus Ästen zu bauen gegen den erwarteten Regensturz. Aber immer, wenn sie gerade begonnen hatten, ihrem Rastdrang nachzugeben, wurden sie aufgescheucht durch den Warnungsschrei eines Vogels oder durch ein entferntes Geräusch oder durch den jähen, harten Befehl ihres Häuptlings, dem ein Gedanke oder ein Traum geheißen hatte, die Seinen weiterzuführen.

Wenn auch ihre Künste und all ihr Wissen erloschen waren und ihr Gedächtnis abklang, eins hatten sie verstanden: Was über dem Land lag und über allen Menschenstätten und nur in den tiefsten Wald nicht eindringen konnte, das waren gewaltige, böse und fremde Menschen. Götter waren es nicht, denn die hätten überall eindringen können mit ihrem ewigen Blick, dem nichts verborgen blieb, die hätten ihre Spur gefunden, auch in der Urwaldnacht. Die Fremden, die hatten sie bisher nicht gefunden und die würden sie auch nicht finden.

Mit wechselnden Häuptlingen, vielerlei Tode sterbend, ständig schmelzend an Zahl, aber immerfort auch gebärend, aufgehellt und erschreckt von winzigen Lichtungen, sich an alles erinnernd, wenn auch nur in kurzen seltenen Augenblicken, was ihm unter dem Himmel geschehen war, davon kundtuend, manchmal in jähen verzückten Schreien, manchmal in langen langsamen Liedern, lebte das Volk im Wald verborgen. An einer engen Stelle des Erdteils zog es vom Atlantischen zum Stillen Ozean, hin und her, angstvoll alle Rodungen meidend. Alles war ihm verlorengegangen, nur nicht seine Erinnerung. Es sang, wenn es Rastzeit hatte oder ganz kurz die Sonne erblickte oder die Sterne. Wenn sich dabei die Herzen erweichten und die Kehlen, erzählte es aus seinem alten Leben, aus seinem Leben im Licht. Es erzählte von seinen Festen, von dem Bauwerk, turmartig, mit vielen Stufen, um zu den Göttern zu steigen, von allen Künsten der Priester und ihren Zöglingen, den schönäugigen, reinen heiligen Knaben, von der Schreckensnacht, in der der Feind eingebrochen war. –

Die Jungen glaubten, das alles hätten die Alten erlebt, und die Alten glaubten es selbst, so deutlich wurde ihnen beim Erzählen, was erlebt worden war.

Auch das dritte Jahrhundert verging. Und sie waren gewiß schon vielmals, im Wald verborgen, von einer Küste zur anderen gezogen. Ihre Sinne waren nur zum Lauern da und zum Mißtrauen und manchmal zum Erinnern.

Sie erfuhren nicht, was inzwischen hinter dem Urwald im ganzen Land geschah. Nichts von Aufständen, die zuerst nur vereinzelt an verschiedenen Stellen aufgelodert waren und zerschossen und zertreten, so daß nichts zurückblieb als ein Echo, das sich auch verlor. Nichts erfuhren sie von einer Glocke, die Hidalgo, der Dorfpfarrer, an seiner Kirche läuten ließ zum Zeichen des Aufstandes gegen die Spanier. Nichts von der großen Empörung, die nach dreihundert Jahren unbezähmbar brannte und durch nichts mehr zu löschen war. Als die Spanier längst verjagt waren, blieben sie immer weiter wie Flüchtlinge im Urwald versteckt, sterbend, gebärend, entzückt, voll Angst, kurz rastend an einigen Lichtungen, manchmal erschüttert durch einen Stoß von Erinnerungen. Sie erfuhren nichts von dem Mann namens Juarez, der den französischen Kaiser, als dieser auch das Land schlucken wollte, wie es die Spanier geschluckt hatten, erschießen ließ. Zäh, beharrlich, zusammengeschmolzen, setzten sie ihr verborgenes Leben fort.

Einmal hörten Pelzhändler in einer abgelegenen Siedlung das Gerücht von unbekannten menschenscheuen Jägern. Die Sucht dieser Händler, Geld zu verdienen, war stärker als jedes Hindernis. Nachdem sie den Weg festgestellt hatten, den der Zug wahrscheinlich nehmen würde, versuchten sie, einzelne Jäger anzulocken mit Geschenken von Salz, von Messern, von Schnüren, von unerläßlichen Dingen. Ihre Geschenke legten sie an bestimmten Plätzen nieder, und sie fanden dort nach einer gewissen Zeit die Gegengeschenke der Jäger: seltene Pelze.

Eine Zeitlang fand dieser Austausch statt, ohne daß je einer den anderen sah. Dann befahl der Häuptling, den Tausch einzustellen. Und von nun an mieden sie wieder jegliche Menschenspur.

Eines Nachts lagerten sie, dicht zusammengedrängt, in einer kleinen Lichtung. Wieviel Jahre seit ihrer ersten Fluchtnacht vergangen waren, wußten sie nicht; denn Rechnen und Zahlen, einstmals ihrer Priester erstaunliche Weisheit, hatten sie längst verlernt, nur die Ereignisse waren in ihren Liedern geblieben, in ihren Sagen, bunt und bleich wie die Wirklichkeit, ja noch bunter und bleicher als die Wirklichkeit selbst.

Da geschah es, daß die Wächter unerklärliche anschleichende Laute vernahmen. Und der Häuptling, dem das Geräusch gemeldet wurde, befahl augenblicklich den Aufbruch.

Es war schon zu spät. Aus dem Urwaldkreis brach etwas Fremdes, etwas Lebendes hervor. Tierisch war es nicht, auch nicht gespenstisch, menschenähnlich war es, wenn auch furchtbar fremd. Es war jung, schwach, mager. Es war waffenlos. Trotzdem drängte sich das Volk angstvoll um den Häuptling. Die Ankömmlinge warfen sich nieder. Sie waren erschöpft, blutig gerissen vom bissigen Urwald. Sie flehten mit ihren langen und leichten Händen um Schutz und um Wasser.

Bald erkannte man: böswillig waren die nicht, o nein. Die waren sanft, demütig. War ihre Sprache auch unbegreiflich, ihre Haut war braun, ihre Hände und Blicke verstanden die eignen Hände und Blicke.

Als die Krusten auf den fremden Gesichtern zersprungen und die schlimmsten Scharten und Stiche geheilt waren, kam ein Glanz aus der Haut der jungen Ankömmlinge, wie er manchmal auf blankem Holz liegt. Ihre Augen sogen aus dem Innern der gefragten Menschen Antworten heraus, die sie sich wiederholten. Und sie nickten. Und sie baten die Gefragten mit langen schmalen Händen, ihre Antworten zu wiederholen.

Alten Frauen, die die meisten Lieder wußten und sich gut aufs Erzählen verstanden, kam zuerst der Gedanke, diese plötzlich aufgetauchten Söhne glichen sehr den Knaben, die einstmals ihren Priestern gedient hatten, heiligen, klugen und reinen Knaben, die ihnen in den Urwald gefolgt waren und auch heute noch durch die Lieder sprangen. Diese Knaben hier, das kam bald zutage, wußten auch in mancher Kunst Bescheid. Schon am ersten Abend heilten sie den jüngsten

Sohn des Häuptlings, und sie halfen einer Frau gebären, die seit drei Tagen in Wehen lag.

Das Mißtrauen in dem Volk legte sich. Mancher wünschte sich, die Haut eines Ankömmlings, die braun wie die eigne war, aber glatt und blank, wenigstens anzutupfen, über sein Haar zu streichen, seinen Geruch zu atmen.

Als etwas Zeit verstrichen war, verstanden die jungen Gäste ihre Gastgeber, und die Gastgeber verstanden ihre Gäste. Ja, die Knaben hatten ihre Spur gefunden. Ja, ihre Heimstätten lagen außerhalb des Waldes. Ja, ihr Häuptling hatte sie ausgeschickt, diese Spur zu finden, denn man hatte ihm erzählt, im Urwald versteckt, lebe seit der Ankunft der Spanier ein tapferer Stamm seines Volkes. Ja, ihr Häuptling sei ein guter und großer Häuptling. Cardenas sei sein Name, wer unter seiner Obhut stehe, brauche sich vor nichts zu fürchten, brauche vor nichts zu fliehen, brauche sich vor nichts Bösem zu verstecken. Seien doch die Eindringlinge längst verjagt. Sie alle könnten aus dem Wald herausziehen, frei vor ihn treten und ihr gutes Recht verlangen. Solch ein Mann sei ihr Häuptling.

Über diese Auskunft wurden alle freudig unruhig, furchtbar unruhig. Und sie fragten heftig. Sie besprachen das Gehörte laut und leise. In den Nächten hörte man ihr Murmeln.

Als der Häuptling die Erlaubnis gab, machten sich zwei Knaben auf den Weg. Ihre Gefährten blieben ohne Furcht zurück. Eine Regenzeit verging. Bald danach kamen die beiden Abgesandten wieder. Ihr Häuptling, der mitten im Land auf der Ebene lebte, wünsche sich, den Häuptling, der im Wald lebte, zu begrüßen. Er lade ihn als Gast ein. Er verspreche ihm und den Seinen ein gutes Stück Land, auf dem sie in Frieden leben könnten, sich ernähren und sich vermehren.

Inzwischen hatten sich schon manche Jäger ins Sonnenlicht gewagt, in die Ebene, freilich ohne sich allzuweit vom Wald zu entfernen, falls Gefahr drohe.

Der Häuptling und seine Söhne und einige seiner besten Männer fuhren schließlich, sich vor der unglaublichen Veränderung durch Schweigen und Starrheit schützend, begleitet von den jungen, klugen, sanften Lehrern, die zuerst ihr Vertrauen gewonnen hatten, hinein nach Mexiko.

Bei dem Anblick all der sonderbaren, ganz unfaßbaren Dinge, die sie bei der Fahrt gewahr wurden, befahl ihr Häuptling mit geschlossenen Zähnen, aber unaufhörlich: »Schweigt!« Und sie blieben unbewegt, wortlos, konnten es aber nicht hindern, daß immer wieder ein Beben über ihre Haut lief.

Sie hielten am Stadtrand, vor dem Haus des Präsidenten. Auf den Mauern wachten Soldaten. Fortwährend zogen Gruppen von Menschen auf aus allen Teilen des Landes, aus allen Stämmen des Volkes, verschieden an Sprache und Kleidung. Sie wollten den Präsidenten betrachten, sie wollten ihm Geschenke bringen.

Hinter dem Häuptling trugen seine Männer die besten Felle von Tigern und Leoparden, die aus den gefährlichsten, tapfersten Jagden stammten. Obwohl sie die Meinung gewonnen hatten, der Feind sei endgültig besiegt, jetzt sei Frieden im Land, blieb ihr Mißtrauen wach. Auf dem Weg ins Haus blickten sie nach rechts und links aus den Augenwinkeln.

Der Präsident war braun wie ihr eigner Häuptling. Sofort war ihm anzumerken, daß er nur Gutes im Sinn hatte. Er verstand ihr Leid. Er verstand ihr Mißtrauen. Er achtete sie. Er verbeugte sich vor dem Häuptling. Er stieß einen Freudenschrei aus beim Anblick der Leopardenfelle.

Sie brachten ihrem Volk die gute Nachricht zurück in den Wald, daß sie von nun an zusammen auf eigenem Boden unter dem Himmel leben könnten wie früher.

Bald darauf zogen alle durch Ebenen und Berge, starr, aufgewühlt im Innern, schweigsam und wachsam. So still, wie sich ihr Häuptling in der Stadt verhalten hatte, ertrugen sie die lange Fahrt in der Bahn und in den Wagen. Sie waren ständig darauf bedacht, weder Furcht noch Erstaunen zu zeigen. Sie hielten sogar die kleinen Kinder davor zurück, durch sichtbare Neugier ihren Stolz zu verlieren.

Das Land, das ihnen der Präsident überließ, war ein guter Streifen an der Küste des Stillen Ozeans. Große Stapel Ziegelsteine und Holz, um Hütten zu bauen, erwarteten sie, auch Pflüge und Säcke Saatkorn. Zu ihrer Beratung warteten Handwerker, Agronomen, Ärzte und Lehrer. Sie nahmen stumm alles wahr. Rasch, schweigend, höchstens halblaut unter sich eine Meinung austauschend, besichtigten sie das Land.

Cardenas' Leute erwarteten ihr Entzücken, ihren Dank. Der Häuptling nahm schließlich das Wort. Mit Hilfe der jungen Leute, die inzwischen gelernt hatten, seine Sprache zu übersetzen. Er sagte mit erhobenem Kopf: »Das ist unser Land nicht. Wir wollen unser eigenes Land.« Als die anderen, verwundert, nicht gleich antworteten, fuhr er fort: »Hört unsere Geschichte!«

Die besten Geschichtenerzähler, Männer und Frauen, traten vor. Sie erzählten und sangen aus ihrem Gedächtnis, was darin aufgehoben war.

Der Häuptling sagte: »Hier ist nur vor uns Meer, der Wald liegt hier und dort. Das kann unser Land nicht sein.«

Der Präsident erfuhr den Wunsch des Häuptlings. Er bat ihn, sich noch kurze Zeit zu gedulden. In der Wartezeit machte man sie mit Roden und Pflanzen von neuem vertraut.

Dann fuhren sie auf dem Weg zurück, den sie gekommen waren. Sie hüteten sorgsam ihr Werkzeug, ihr Holz, ihr Saatkorn.

Als man ihnen schließlich ein gutes Stück Land am Atlantischen Ozean auf ihrer alten Halbinsel anwies, gingen sie schweigend, untereinander wechselnd, die Strecken ab. Sie schickten Kundschafter aus zu den Küsten.

Die höchste Pyramide stand unversehrt an der Stelle, an der sie am Tag des Aufbruchs gestanden hatte. Von ihrer Spitze aus war alles zu sehen, was sie von jeher beschrieben hatten.

Der Häuptling sagte: »Hier ist es. Wir bleiben.«

Sie ließen sich endgültig nieder, und sie wohnen auch heute dort.

Nachwort

Als Erzählerin war Anna Seghers die Chronistin der Hoffnungen und der Irrtümer des vergangenen Jahrhunderts. In ihrer Prosa sind Realistisches und Phantastisches, Wirkliches und Märchenhaftes, Zeitgenössisches und Mythisch-Legendenhaftes in einer ganz besonderen Art und Weise miteinander vermischt. Dies zeigt sich exemplarisch im Kernstück ihres Schaffens aus der Nachkriegszeit, dem Zyklus *Die Kraft der Schwachen*, 1965 veröffentlicht. Von seiner Konzeption und Programmatik her stellt dieser Band ein Gegenstück zu der Sammlung *Die Linie* (1950) dar – nicht allein, was die Figuren und ihre Geschichten betrifft, sondern auch im Hinblick auf den ästhetischen und ethischen Pluralismus: chronikalischer Bericht und Märchen, Legende und Liebesgeschichte, Novelle und Märtyrergeschichte stehen hier nebeneinander. Ihr gemeinsamer Bezugspunkt ist die Erschütterung, verursacht durch den XX. Parteitag der KPdSU im Februar 1956, den offiziellen Beginn der sowjetischen Auseinandersetzung mit dem Stalinismus. Der ehemalige Moskau-Emigrant und spätere erste Kulturminister der DDR, Johannes R. Becher, hatte damals von einer *Jahrhunderttragödie, an tragischem Gehalt der antiken überlegen* geschrieben. Der Zyklus *Die Kraft der Schwachen* ist keineswegs Seghers' erste oder einzige Auseinandersetzung als Erzählerin mit dem Stalinismus – man denke etwa an den Exilroman *Transit* (1944) oder die karibische Geschichte *Das Licht auf dem Galgen* (1960) –, aber in diesen Erzählungen schafft Seghers explizit Gegenbilder zu einem spezifischen Phänomen des Stalinismus, nämlich dem Personenkult. In Gesprächen aus den Jahren 1964/1965 äußert sie sich dazu: »Ich erzähle von ganz unheroischen Menschen, von scheinbar unheroischen, von ganz unauffälligen Menschen, die vielleicht schwach oder schwächlich wirken. Aber durch bestimmte geistige und seelische Kräfte werden sie wirksam, in gewissen Momenten, wenn es drauf ankommt, tun sie etwas ganz Starkes, manchmal zeigen sie, daß sie, obwohl sie schwach sind, eine große Kraft haben. Sie widerstehen, sie widersetzen sich, und ihre Weigerung übt dann große Kraft aus. Es sind Geschichten um lauter unbekannte, einfache Menschen, sagen wir, ohne die geringste Spur von dem, was man Personenkult nennt, Menschen, die völlig lautlos etwas Wichtiges tun.«

Die ersten dieser Geschichten entstanden unmittelbar nach dem XX. Parteitag. Im Nachlaß gibt es ein Schreibheft, das die ersten Entwürfe bzw. Fassungen der drei Erzählungen *Der Füh-*

rer, *Der gerechte Richter* und *Die Heimkehr des verlorenen Volkes* enthält. Sie entstanden in dieser Reihenfolge vermutlich 1957, wie Inge Diersen recherchiert hat. Dieser besonders enge entstehungsgeschichtliche Zusammenhang erlaubt es, gerade diese drei Erzählungen auf ihre inneren Verbindungen hin zu untersuchen und sie so in den gesamten Zyklus einzuordnen.

Zunächst fällt auf, daß der Titel der Sammlung auf den 2. Brief des Paulus an die Korinther zurückgeht: »Und [der Herr] hat zu mir gesagt: Laß dir an meiner Gnade genügen; denn meine Kraft ist in den Schwachen mächtig. Darum will ich mich am allerliebsten rühmen meiner Schwachheit, damit die Kraft Christi bei mir wohne. – Darum bin ich guten Mutes in Schwachheit, in Mißhandlungen, in Nöten, in Verfolgungen und Ängsten, um Christi willen; denn wenn ich schwach bin, so bin ich stark.« (2. Kor. 12, 9–10)

Nun haben säkularisierte religiöse Vorstellungen das Werk Seghers' von Anfang an deutlich geprägt, und ihr Verhältnis zur sozialistischen Utopie war bestimmt von der ins Realgeschichtliche gewendeten messianischen Erlösungshoffnung. Symbole aus der jüdisch-christlichen Tradition wurden zu Leitmotiven der Seghersschen Prosa, und häufig finden sich diese Anspielungen bereits in Titeln ihrer Romane und Erzählungen, wie etwa *Die Rettung, Das siebte Kreuz, Das Licht auf dem Galgen, Der Prophet* oder auch *Der gerechte Richter.* Eine so eindeutige und programmatisch aufgeladene Bezugnahme auf das Neue Testament wie im Titel *Die Kraft der Schwachen* hatte Seghers bis dahin in keinem ihrer Prosatexte gebraucht. Aber nicht nur die Anspielung im Titel, sondern eine weitere explizite Nennung verweist auf Paulus. In der Erzählung *Der Führer* sehen die italienischen Geologen gänzlich unerwartet »im Morgenlicht in den Stein gehauene Gesichter mit Bärten und Brauen, ja ganze Gestalten. Am Schwert und am Schlüssel erkannte man Paulus und Petrus. Ein Apostel trat nach dem andren aus der Bergwand«. Diese Erwähnung und diese Reihenfolge ist durchaus ungewöhnlich, denn Paulus gehörte keineswegs zu den ersten zwölf Aposteln, wie die Apostelgeschichte erzählt; seiner Aufnahme in den Kreis der Glaubenszeugen ging die sprichwörtlich gewordene Konversion »vom Saulus zum Paulus« voraus, und er, der Konvertit, der Bekehrte, erwies sich als einer der inbrünstigsten Missionare des christlichen Glaubens, und die Überlieferung gerade seiner Schriften macht bis heute einen wichtigen Bestandteil des Neuen Testaments aus. In dieser Verbindung von Glaubensbekenntnis und Schrift hebt sich Paulus aus der Reihe der frühen Glaubenszeugen heraus.

Warum gerade er für Seghers in dieser Zeit der nachhaltigsten Erschütterung und der vollständigen Desillusionierung eine so offenkundige Bedeutung erlangt, wäre also zu untersuchen. Als junge Frau folgte Seghers (sie stammte aus einer jüdischen rheinländischen Familie) ihrem Bedürfnis, »nicht mehr an einen bestimmten Glauben oder an eine einzelne Kirche gebunden zu sein [...], nicht ein jüdischer Schriftsteller, sondern ein Schriftsteller deutscher Sprache zu sein, gegen Ungerechtigkeit zu kämpfen, die Unterdrückten und Ausgebeuteten zu verteidigen, wo auch immer sie sich finden, welcher Rasse und Religion sie auch angehören« – so beschrieb es ihr Sohn. Sie stellte sich als Erzählerin in den Dienst der Gleichheits- und Gerechtigkeitsutopie des Sozialismus und schrieb in dieser Mission Passionsgeschichten von den Märtyrern im Widerstand gegen den Faschismus; aber der im Verlauf der Geschichte immer deutlicher in seinen Entstellungen und Verkehrungen zutage tretende Sozialismus konnte sein Erlösungsversprechen nicht einlösen. Noch furchtbarer: der Stalinismus zerstörte vollständig die Sinnhaftigkeit der im Namen seiner Ursprungsidee erbrachten Opfer. Nichts anderes bedeutet der Satz in der Erzählung *Der Führer*: »Wenn es keine Zukunft mehr gibt, ist das Vergangene umsonst gewesen.«

Die Erzählungen des Zyklus *Die Kraft der Schwachen* zeigen aufs Ganze gesehen einerseits die Verschiebung des ins Realgeschichtliche gewendeten Glaubens ins Religiös-Spirituelle (also durchaus eine Art von Konversion, der des Paulus vergleichbar), und andererseits enthält diese Rückwendung aber keine Verengung auf eine ganz bestimmte Religion, sondern auf eine Vielfalt von mythisch-kultischen Bezügen, in denen allerdings die christliche Tradition einen privilegierten Platz einnimmt.

Die Erzählung *Der Führer* setzt mit einer Situation vollständiger Verzweiflung ein: »Alles war umsonst.« Die vollständige Sinn-Entleerung einer jahrhundertelangen Tradition und Zivilisation, zu der auch der Glaube an die verschiedensten Götter gehörte, wird in dieser Erzählung ursächlich begründet mit der fünf Jahre (1936–1941) dauernden Besetzung Äthiopiens durch die italienischen Faschisten. Alliierte Truppen eroberten das Land zurück und setzen den ins britische Exil geflohenen Kaiser Haile Selassi wieder in sein Amt ein.

Zu den antiken Kulturen in Afrika gehörte Nubien, das in der Bibel Kusch, bei den Griechen und Römern Äthiopien hieß und berühmt war für Weihrauch, Elfenbein, Gold und Ebenholz. Nubien war bis ins 5. Jahrhundert n. d. Z. stark von der Kultur und Religion Ägyptens beeinflußt, danach stärkte das Christentum seine Macht, und ab dem 16. Jahrhundert dominierte der Islam, die christlichen Bauwerke verfielen. Die Verbindung mit Alphabetisierung und Bildung verlieh dem Christentum in der Frühphase der Kolonialisierung im 19. Jahrhundert neue Attraktivität. Aus dem christlichen Mittelalter sind Klöster und Felskirchen, Handschriften, Reliefs und Fresken überliefert. Die zahlreich überlieferten Fresken zeigen zumeist Heilige, Propheten des Alten und die Apostel des Neuen Testaments.

Dieser kulturgeschichtliche Hintergrund ist in Seghers' Erzählung in verschiedenen Details präsent. Zunächst stehen jedoch die italienischen Eroberer im Mittelpunkt: drei Geologen, die im Auftrag ihrer Regierung nach Gold, Silber, Eisen, Kupfer und anderen metallischen Bodenschätzen suchen sollen. Ein altes Kloster ist ihr Standort; ein Glöckchen aus Gold, in das die Apostel eingraviert sind, ein Beutel Goldsand und ein engelsgleich schöner Junge wecken ihre Begierde. Er überredet die Geologen, sie zu einem Ort zu führen, an dem sie Goldsand finden würden. Zwei Drittel der Erzählung sind dieser Expedition gewidmet, die durch eine fantastische, unwegsame Gebirgslandschaft führt – die Geschichte einer Expedition ins Nirgendwo. Unterwegs erreichen sie den Wallfahrtsort mit den in Stein gehauenen riesigen Figuren der Apostel, von denen Paulus und Petrus namentlich und mit ihren Attributen bezeichnet werden. Schließlich wird den Geologen klar, daß der Junge sie in die Irre geführt hat und nichts sie retten kann. Der letzte Abschnitt entwirft das Bild einer großartigen Landschaft aus der Perspektive des Jungen, der weiß, daß dies sein letzter Tag sein wird.

Eine antifaschistische Märtyrergeschichte wie so viele andere Seghers-Geschichten? Auf den ersten Blick ja. Aber die Widerstandshandlung des

Jungen wird an keiner Stelle explizit motiviert. Hingegen stattet ihn die Erzählerin mit allen Merkmalen eines (Rache?)Engels aus, und die riesigen steinernen Apostelfiguren, vor denen die Geologen erschrecken, sind seine Verbündeten. Das christliche Mittelalter mit seinen bereits verfallenen und verstreuten Überresten wird in dieser äthiopischen Erzählung zum spirituellen Handlungsgrund einer gegen die faschistischen Eroberer gerichteten Tat.

»Der letzte Tag« ist der Schlußsatz dieser Erzählung. Die im Schreibheft darauf folgende, fragmentarisch gebliebene Erzählung heißt »Der gerechte Richter«. Die Verbindung beider Sätze weckt Assoziationen an das Jüngste Gericht.

Neben dieser handschriftlichen Fassung des *Gerechten Richters* gibt es zwei mehrfach korrigierte Typoskripte sowie unterschiedliche Fassungen von Anfang und Schluß. Die Verhaftung Gaskos ist in die frühen 50er Jahre zu datieren; über die Dauer seiner und des Richters Gefangenschaft macht die Erzählung keine Angaben. Die DDR kommt als Handlungsort eindeutig nicht in Frage, obwohl ein Teil der Namen darauf verweisen könnte. Es handelt sich um ein kleines osteuropäisches Land, aber welches, läßt Seghers offen. (Die interne Chronologie der Erzählung – der Prozeß gegen Gasko beginnt nach 1950 – legt nahe, daß es sich um die ČSSR handeln könnte: der Schauprozeß gegen Rudolf Slánský und die frühere Führung der KP fand 1952 in

Prag statt.) Ein junger Richter, Jan, der sich der Gerechtigkeit verschrieben hat, gerät in einen existentiellen Konflikt: er soll den ehemaligen Spanienkämpfer Viktor Gasko verurteilen, der des systemschädigenden Verhaltens und politisch oppositioneller Äußerungen bezichtigt wird. Ob Gasko juristisch gesehen zu Recht oder zu Unrecht beschuldigt wird, läßt die Erzählung offen; sie konzentriert sich auf den Konflikt des Richters zwischen seinen Zweifeln an Gaskos Schuld auf der einen Seite und andererseits seinem von Bewunderung getragenen Gehorsam gegenüber seinem Lehrer Professor Kalam; dieser ist von Gaskos Schuld überzeugt und will den Richter ebenfalls überzeugen. Aber der Richter glaubt an das Ideal der Gerechtigkeit und nimmt dafür Repressionen und Zwangsarbeit auf sich: »Unsere Idee ist die beste, die jemals Menschen sich ausgedacht haben. Damals hab ich noch nicht geahnt, es könnte so schwer sein, sie hochzuhalten, diese Idee«. Der Glaube, im Recht zu sein, bewahrt den Richter vor Verzweiflung und Selbstaufgabe. Schließlich kommen er und Gasko frei – wie und wodurch dies geschieht, führt die Erzählung nicht aus; der Erzählerkommentar lautet: »Sie waren fest geblieben für sich und für alle, wenn sie dafür auch nicht gefeiert wurden, es blieb ein Sieg, ein ungefeierter, wenn man von dem Mahl absah, das ihnen Jans Mutter bereitet hatte.«

Der fragmentarische, »gebrochene« Charakter

der Erzählung vom »Gerechten Richter« ist eines ihrer wichtigsten Merkmale. Sie ist die einzige unter den drei hier zusammengefaßten Erzählungen, die einen Gegenwartsstoff thematisiert, aber ihn nicht »in den Griff bekommt«: die erzählerische Leerstelle bleibt das Zustandekommen der Freilassung des Richters. Auf zwei Aspekte ist in diesem Zusammenhang besonders hinzuweisen: erstens wird das Denken und Handeln des Richters nicht primär aus politischer Überzeugung heraus motiviert, sondern moralisch: er bleibt sich selber und seinem Ideal treu, er *glaubt* an Gerechtigkeit, und er hält unbeirrbar an diesem Glauben fest. Mithin gehört er also zu den Gerechten, die »aus Glauben leben« (Habakuk 2,4) im Sinne des Paulus-Briefes an die Römer (Römer 2,13–16): »Denn vor Gott sind nicht gerecht, die das Gesetz *hören*, sondern die das Gesetz *tun*, werden gerecht sein. Denn wenn Heiden, die das Gesetz nicht haben, doch von Natur tun, was das Gesetz fordert, so sind sie, obwohl sie das Gesetz nicht haben, sich selbst Gesetz. Sie beweisen damit, daß in ihr Herz geschrieben ist, was das Gesetz fordert, zumal ihr Gewissen es ihnen bezeugt [...].«

Der Richter befindet sich mit dieser Haltung aber nicht im Einklang mit den Werten und Normen des Systems. Deshalb bleibt seine Freilassung ein utopisches Moment, das weder zu diesem Zeitpunkt, im Jahr 1957 noch später, für die Erzählerin Seghers realistisch motivierbar war. Damit wäre, zweitens, eine plausible Begründung für die auf die Entwürfe zum *Gerechten Richter* folgende Erzählung *Die Heimkehr des verlorenen Volkes* angedeutet: diese Erzählung sei, so schreibt Inge Diersen, zu lesen als »schaffensimmanente Antwort auf den im *Gerechten Richter* dargestellten Verlust an Zukunftsgewissheit, [sie] gibt das Gegenbild zum Utopieverlust« (in »Das Argonautenschiff« 3/1994).

Im Unterschied zu *Der Führer* und *Der gerechte Richter*, die in realgeschichtlichen Zeit-Raum-Koordinaten eingebunden sind, in *Die Heimkehr des verlorenen Volkes* historische, mythische und legendäre Bezüge miteinander vermischt. Der Titel öffnet einen weiten Assoziationsraum: Heimkehr ins Paradies, Heimkehr des verlorenen Sohnes, Einzug in das verheißene Land ...

Einen erkennbar geschichtlichen Hintergrund hat jedoch auch diese Geschichte. Im ersten Jahrtausend n. d. Z. wurden die Kulturen der sog. klassischen Zeit in Mesoamerika durch große Völkerbewegungen erschüttert. Aus dem Norden Mexikos drangen kriegerische Jägerstämme, vermutlich Chichimeken, in das Gebiet der Teotihuacán-Kultur ein, eigneten sich deren höhere Zivilisation an und beherrschten diese schließlich politisch, religiös und kulturell. Es entstand Tula, die Hauptstadt der chichimekischen Tolteken, die das Erbe der Teotihuacán-Kultur eigenständig umformten. Ein Teil der Tolteken wanderte ins Maya-Gebiet ab, auch auf die Halbinsel Yucatán, wo mit Städten wie Uxmal und Chichén Itzá neue religiöse und politische Zentren entstanden und die toltekischen Einflüsse von den Maya langsam assimiliert wurden. Nach der spanischen Eroberung von Yucatán um 1540 zog sich das Maya-Geschlecht der Itzá aus Chichén Itzá nach Tayasal am Péten-See in den Süden von Yucatán zurück und konnte so bis Ende des 17. Jahrhunderts seine Unabhängigkeit bewahren. Über die Itzá gab es zahlreiche Legenden, die sich insbesondere auch auf die von ihnen erbauten, z. T. vom Regenwald überwucherten Paläste und Pyramiden bezogen, die von den spanischen Erobern nie entdeckt wurden. Die Pyramiden der Maya waren religiöse Bauwerke, deren Achsenausrichtung astronomisch bestimmt war. Die überlieferten Zeugnisse der Maya-Kultur bis zu ihrem Niedergang während der spanischen Kolonisation offenbaren in Baukunst, Schrift und Astronomie eine der bedeutendsten Hochkulturen.

Nach der Unterzeichnung der Unabhängigkeit Mexikos 1821 (erst vom republikanischen Spanien 1936 anerkannt) und der Revolution von 1876 gab das Land sich 1917 eine liberale Verfassung. Die 1929 gegründete Revolutionspartei blieb bis vor wenigen Jahren regierende Partei. Die Regierung unter der Präsidentschaft von Lazaro Cárdenas (1934–1940) verstaatlichte das mexikanische Öl und verteilte im Zuge einer neuen Agrarreform Land an landlose Bauern und an indianische Gemeinschaften. Der demokratische Sozialismus, der mit dem Namen von Cárdenas verbunden ist, war auch die Grundlage für die mexikanische Unterstützung des republikanischen Spaniens, die Aufnahme von republikanischen Flüchtlingen und von antifaschistischen Emigranten aus allen europäischen Ländern. Dieser liberalen Asylpolitik Mexikos verdankten auch Seghers und ihre Familie ihre Rettung aus dem besetzten Frankreich. Vergangenheit und Gegenwart dieses Landes faszinierten die Emigranten, nicht nur die Schriftsteller. In der Emigranten-Zeitschrift »Freies Deutschland«, die von 1941 bis 1946 in Mexiko erschien, publizierten z. B. die Journalistin Gertrude Duby über die Lakandonen, die letzten noch lebenden direkten Nachfahren der Hochland-Maya, und der Kunstkritiker Paul Westheim über die antike mexikanische Kunst, insbesondere die Pyramiden. Seghers beschreibt in ihrer Erzählung die wechselvolle Geschichte eines Volkes auf der Flucht, das seine Zivilisation, seine Künste, sein Wissen und beinahe sein Gedächtnis verliert. Im Verlauf seiner jahrhundertelangen Flucht verwandelte sich die geschichtliche Zeit in Erinnerung, Legende und Mythos. Das Volk, dessen einziger Daseinszweck es wird, sein Überleben zu sichern, lebt wie in einem Zeitenloch, wie aus der Geschichte herausgefallen. Der Wiedereintritt in die

Geschichte und die Rückkehr in ihr altes Land auf der Halbinsel, wo sie unversehrt ihre höchste Pyramide wiederfinden, wird ihnen durch die sozialistische Regierung unter Cárdenas geschenkt. Mythos – als kulturell tradierte Erinnerung an eine Vor-Zeit – und realgeschichtlicher Ort scheinen eins, das paradiesische Goldene Zeitalter und die sozialistische Demokratie.

Als Seghers die ersten Fassungen zu diesen drei Erzählungen schrieb, hatte sie Mexiko seit zehn Jahren verlassen. Aus einem blühenden (sozialistischen) Land war sie in »die Eiszeit« (so schrieb sie in einem Brief 1948) Nachkriegsdeutschlands geraten. Von Alexander von Humboldt ist der Satz überliefert, wenn man nur einen Flecken dieser Erde als Paradies bezeichnen dürfte, so müßte es Mexiko sein. Hat Seghers sich angesichts des Schocks des XX. Parteitags in dieses »Paradies« zurückgewünscht, hatte sie Heimweh? Gab sie in der Erzählung von der *Heimkehr des verlorenen Volkes* ihrem tief empfundenen Dank an das Mexiko Cárdenas' Ausdruck? Das wären zweifellos plausible Erklärungen, zumindest für diese letzte der drci Erzählungen.

Die innere Dynamik, die allen drei Erzählungen zugrunde liegt, machen sie noch nicht verständlich. In einer Zeit dramatischer Erschütterungen und vollständiger Entleerung der Utopie des Sozialismus durch die Konfrontation mit den in seinem Namen begangenen Verbrechen suchte Seghers nach Möglichkeiten, etwas von ihrem

Glauben hinüberzuretten in irgendeine Art von Zukunft. Die drei Geschichten sind Rettungsgeschichten in diesem Sinn; sie fragen nach dem, was in Zeiten äußerster Bedrängnis und Verzweiflung bleibt als Garant des Überlebens. Diese Rettung wird nicht in der Zukunft gesucht, sondern in der Vergangenheit, in den überdauernden Zeugnissen fast vergessener Völker, in ihrer Kunst und in ihrem Glauben.

Seghers' programmatischer Anspruch – »Denn wir schreiben ja nicht, um zu beschreiben, sondern um beschreibend zu verändern« (1932) –, gerichtet auf die Veränderung der Welt von Grund auf, erscheint spätestens in diesen Erzählungen von der *Kraft der Schwachen* reduziert auf jene *geistige[n] und seelische[n] Kräfte*, die das Überleben garantieren.

Sonja Hilzinger
Juli 2000

Anna Seghers

Jans
muß sterben
Erzählung

Mit einer Nachbemerkung von Pierre Radvanyi und einem Nachwort von Christiane Zehl Romero

91 Seiten
Leinen mit Schutzumschlag
ISBN 3-351-03499-7

Diese frühe, bislang unbekannte Erzählung von Anna Seghers fand ihr Sohn Pierre Radvanyi jetzt zwischen anderen Papieren, die Anna Seghers im Juni 1940 in Paris zurücklassen mußte, als sie mit ihren Kindern vor der einrückenden deutschen Wehrmacht nach Südfrankreich und von dort aus nach Mexiko floh. Sie begann, wie handschriftliche Notizen belegen, im Mai 1925 daran zu arbeiten.

Das unscheinbare, engbeschriebene Typoskript, das die Autorin – aus welchen Gründen auch immer – später unbeachtet liegenließ, birgt ein meisterhaftes Stück Literatur, die Explosion eines Talentes, das sich zur bedeutendsten deutschen Erzählerin im 20. Jahrhundert entwickeln sollte. Hier ist bereits jene suggestive, gleichzeitig knappe und poetische Sprache präsent, die das Frühwerk von Anna Seghers so faszinierend macht.

Aufbau-Verlag

Anna Seghers
Hier im Volk
der kalten Herzen
Briefwechsel 1947

Herausgegeben
von Christel Berger

Mit 12 Fotos
288 Seiten
Band 5172
ISBN 3-7466-5172-7

Im April 1947 kehrte die Autorin von »Das siebte Kreuz« aus dem mexikanischen Exil nach Berlin zurück. Ihre bislang unveröffentlichte Korrespondenz aus dieser Zeit ist ein Dokument besonderer Art: Hier ist nicht nur die Seghers auf sehr persönliche Weise kennenzulernen, präsent sind auch all die Probleme der Heimkehr einer Emigrantin in ein zerstörtes Land, zu Menschen, die den eigenen Anteil am Geschehenen nicht wahrhaben wollen. In diesen Briefen wird deutlich, wie schwer es Anna Seghers fiel, wieder in Deutschland heimisch zu werden. Allein, getrennt von der Familie, ohne die Freunde, die umgekommen sind oder nun in anderen Ländern leben, leidet sie unter der Fremdheit und der Kälte, klagt über die Verwahrlosung der Menschen, schreibt vom Hunger, der »die Leute auch nicht lebhafter im Denken« macht, wünscht sich, wieder einmal lustig zu sein, zu träumen. Die Rückkehr ist keine Heimkehr, und sie ist unsicher, ob sie bleiben wird.

AtV

Aufbau Taschenbuch Verlag

Anna Seghers

Transit

Roman

Mit einem Nachwort
von Sonja Hilzinger

188 Seiten
Band 5153
ISBN 3-7466-5153-0

Wenn dieser Roman zum schönsten wurde, den Anna Seghers geschrieben hat, liegt es wohl an der schrecklichen Einmaligkeit der zum Vorbild gewählten geschichtlich-politischen Situation: Marseille 1940 – was so lieblich, in unserem Sprachgebrauch fast wie ein Pfadfinderunternehmen, immer noch Frankreichfeldzug genannt wird [...], scheuchte aus Paris, aus allen Teilen Frankreichs, aus Lagern, Hotels, Pensionen, Bauernhöfen ein ganzes Volk von Emigranten auf. Sie strebten alle dem einzig möglichen Ziel Marseille zu ...

Heinrich Böll

A^t^V

Aufbau Taschenbuch Verlag

Anna Seghers

Sonderbare Begegnungen

Erzählungen

160 Seiten
Band 5156
ISBN 3-7466-5156-5

Drei Begegnungen: Märchenhaft die erste, die in die Vergangenheit führt, entdeckt durch Kundschafter von einem anderen Stern; irdisch, aber sonderbar die zweite über Freundschaft und Versagen in schwerer Zeit; phantastisch die dritte, die auf überraschende Weise ein Treffen zwischen E. T. A. Hoffmann, Gogol und Kafka arrangiert.